Romain Gary

Au-delà
de cette limite
votre ticket
n'est plus
valable

Gallimard

Né en Russie en 1914, venu en France à l'âge de quatorze ans, Romain Gary a fait ses études secondaires à Nice et son droit à Paris.

Engagé dans l'aviation en 1938, il est instructeur de tir à l'École de l'air de Salon. En juin 1940, il rejoint la France libre. Capitaine à l'escadrille Lorraine, il prend part à la bataille d'Angleterre et aux campagnes d'Afrique, d'Abyssinie, de Libye et de Normandie de 1940 à 1944. Il sera fait commandeur de la Légion d'honneur et Compagnon de la Libération. Il entre au ministère des Affaires étrangères en 1945 comme secrétaire et conseiller d'ambassade à Sofia, à Berne, puis à la Direction d'Europe au Quai d'Orsay. Porte-parole à l'O.N.U. de 1952 à 1956, il est ensuite nommé chargé d'affaires en Bolivie et consul général à Los Angeles. Quittant la carrière diplomatique en 1961, il parcourt le monde pendant dix ans pour les publications américaines et tourne comme auteur-réalisateur deux films, *Les oiseaux vont mourir au Pérou* (1968) et *Kill* (1972). Il a été marié à la comédienne Jean Seberg de 1962 à 1970.

Dès l'adolescence, la littérature va toujours tenir la première place dans la vie de Romain Gary. Pendant la guerre, entre deux missions, il écrivait *Éducation européenne* qui fut traduit en vingt-sept langues et obtint le prix des Critiques en 1945. *Les racines du ciel* reçoit le prix Goncourt en 1956. Son œuvre compte une trentaine de romans, essais et souvenirs.

Romain Gary s'est donné la mort le 2 décembre 1980. Quelques mois plus tard, on a révélé que Gary était aussi l'auteur des quatre romans signés Émile Ajar.

I

Le coup de téléphone de Dooley m'avait réveillé dans mon appartement du Gritti à sept heures du matin. Il voulait me voir. C'était assez pressé. La voix avait un ton impérieux et comminatoire que je jugeai déplaisant. Nous étions tous les deux membres du Comité international pour la sauvegarde de Venise mais, sans méconnaître la rapidité avec laquelle la Cité des Doges était en train de sombrer, ce ne pouvait quand même pas être à ce point urgent. La réunion de la Fondation Cini avait eu lieu la veille et Dooley m'expliqua qu'il n'avait pu arriver à temps. Les derniers attentats terroristes avaient provoqué en Italie une grève générale de vingt-quatre heures, et son avion avait été retardé.

— J'ai dû laisser mon Boeing à Milan parce qu'il n'y avait plus personne à la tour de contrôle. Pas d'hélicoptères, rien. Je suis venu en voiture...

Je compatis et lui donnai rendez-vous à neuf heures et demie au bar, non sans me demander ce qui me valait un tel honneur. Je le connaissais très peu. Mes rapports avec lui consistaient surtout à l'éviter : nous ne parlions pas des mêmes chiffres. Jim Dooley avait hérité d'une des plus belles fortunes des États-Unis.

Notre première rencontre datait de 1962 à Saint-Moritz, aux championnats de bobsleigh que j'avais disputés avec mon fils. Avec sa carrure de Texan, ses cheveux blonds aux boucles déjà touchées de gris et des traits encore fins que la cinquantaine bien nourrie avait pourtant traités avec indulgence, sa vitalité et sa bonne humeur, il avait éveillé en moi une légère animosité et un sentiment de rivalité qui n'est pas seulement l'apanage des jolies femmes entre elles. Cet athlète du plaisir traînait autour de lui une aura de champion du monde toutes catégories, et ses succès, sa puissance, par leur démesure même, mettaient obscurément en cause mes propres réussites et, d'une certaine façon, jusqu'au sens de ma vie. Nous sommes tous des ratés du rêve, mais Jim Dooley semblait ignorer cette loi du genre. « Plus grand que nature... » Je n'étais pourtant pas dupe de ce statuaire du songe qui hante la petitesse humaine depuis Homère. Mais s'il pouvait y avoir un tenant du titre, Dooley aurait été un concurrent sérieux sur le ring du bonheur. En regardant cette haute silhouette en pull-over rouge se lever et ôter son casque à l'arrivée de la course et se tourner ensuite vers les spectateurs avec un rire qui paraissait tenir la possession du monde comme allant de soi, je ne pus me défendre contre un certain sentiment d'infériorité et d'échec, non point parce qu'il m'avait battu, mais parce que je me sentais *moins,* face à l'Américain,

10

et qu'il me paraissait *trop,* et hors d'atteinte : je me laissais aller à un ressentiment puritain et presque politique à son égard. Le soir même, une journaliste que j'avais rencontrée au bar du Hoff avait éprouvé le besoin de me confier qu'elle avait « interviewé » Jim Dooley à bord du yacht de celui-ci à Saint-Tropez et que... « Il n'y a pas moyen de l'arrêter, il fait ça toute la nuit. » Ce genre de confidence est en général une invitation à se mesurer sur le terrain avec le légendaire et à donner ainsi le meilleur de soi-même. Mais j'étais encore relativement jeune et je n'en étais pas à demander aux femmes de me rassurer. Et j'ai toujours eu le goût des jardins secrets et des mondes à part. J'aimais cette complicité profonde à deux où personne n'est admis. Tout ce qui est « réputation » dans ce domaine est fin du merveilleux. Là vraie maison de l'amour est toujours une cachette. La fidélité n'était d'ailleurs pas pour moi un contrat d'exclusivité : elle était une notion de dévouement et de communion dans le même sens des valeurs. Quelques semaines avant le débarquement allié, en mai 1944, alors que je décollais aux commandes de mon Lysander d'un terrain clandestin, l'avion capota et je fus assommé. La femme qui partageait alors aussi bien ma vie que mes luttes fut à mon chevet une heure plus tard, dans la ferme où l'on m'avait transporté. Elle était bouleversée. Mon état n'était pas suffisamment grave pour justifier un tel émoi. Lucienne m'expliqua qu'au moment du coup de téléphone qui l'informait de mon accident, elle était dans une chambre d'hôtel sur le point de coucher avec un de mes amis. Elle le laissa là sans un mot et courut me rejoindre. C'était très exactement ce que j'entendais par fidélité : lorsqu'on fait passer l'amour avant le plaisir. Mais je reconnais qu'il est permis de penser différemment et de déceler dans une telle attitude, justement, un manque d'amour. Peut-être même convient-il de décider que mon psychisme recelait déjà une secrète fêlure, qui n'a cessé de s'étendre depuis pour me mener là où je suis. Je n'en sais rien, et d'ailleurs je ne me cherche pas d'alibi. Il ne s'agit pas d'un plaidoyer, dans ces pages. Ce n'est pas non plus un appel au secours et je ne mettrai pas ce manuscrit dans une bouteille pour le jeter à la mer. Depuis que l'homme rêve, il y a déjà eu tant d'appels au secours, tant de bouteilles jetées à la mer, qu'il est étonnant de voir encore la mer, on ne devrait plus voir que les bouteilles.

Je devais encore être souvent agacé par l'image de marque du milliardaire de charme qui me tombait sous les yeux, ici et là, aux alentours des années 1963, et qui avait valu à Dolley le titre de « play-boy numéro un du monde occidental ». Mannequins à la mode, lieux de plaisir obligatoires du moment, Ferrari, Bahamas et cette succession de jeunes beautés tellement obnubilées par l'argent qu'elles ne se font même plus payer... L'Américain paraissait n'avoir ni goût, ni jugements personnels, et semblait se fier entièrement au regard et aux appétits des autres : il lui fallait des garanties de désirabilité. Si tant d'hommes rêvaient alors de Marilyn Monroe, c'était parce que tant d'autres hommes rêvaient de Marilyn Monroe...

Je rencontrai Jim Dolley pour la dernière fois en 1963, au cours des quelques jours que j'avais passés chez l'industriel Thiébon, dans la propriété de ce dernier, près d'Ospedaletti. C'était sans doute la plus belle plage privée au bord de la côte italienne. Nous étions une vingtaine d'invités. Thiébon avait à l'époque soixante-huit ans. Malgré son âge — ou peut-être à cause de son âge — il s'était appliqué à devenir un champion de ski nautique. Il décrivait des arabesques sur les flots avec une aisance déconcertante et — comble de défi au poids des ans et aux lois de la nature — pendant qu'il exécutait ses figures, il se plaisait à nous ahurir par l'évidence de sa maîtrise souveraine en jouant en même temps au bilboquet. C'était admirable, mais il y avait un côté déplaisant. Notre hôte se livrait à ses exhibitions à neuf heures du matin et tous les invités étaient sommés d'assister au spectacle. Il était difficile de refuser sans manquer de courtoisie — ou de charité. On se rendait donc en bande sur la plage et on applaudissait poliment aux exploits du vieil homme sur la mer. Avec son profil de vautour chauve et sa maigreur, dansant sur l'eau, lançant et rattrapant la boule du bilboquet dans sa coupe de bois, il ne lui manquait qu'un tutu pour être tout à fait irrésistible. Il y avait du Goya dans cette horreur. On hésitait entre le fou rire et la pitié. Le chœur des invités était à la hauteur.

— Quelle jeunesse! Quelle ardeur!
— C'est admirable!

— Et dire qu'il va avoir soixante-dix ans !

— Quand on pense qu'au temps de Molière un homme de quarante ans était déjà un vieux birbe !

— J'ai toujours dit que c'était un des hommes les plus étonnants de ce temps !

Mais à mes côtés, un jeune loulou de vingt ans chantonna en sourdine :

— C'est la lutte fina-a-ale...

Un matin, je m'étais trouvé sur la plage en compagnie de Dooley, arrivé la veille. L'Américain, en kimono, l'œil morne, les cheveux ébouriffés, le bras passé autour de la taille d'une vedette de cinéma qui animait ses loisirs, observait en silence le numéro de jeunesse du vieillard qui glissait sur une jambe, le dos au Riva, tenant la corde d'une main, jouant au bilboquet de l'autre et en tournant parfois élégamment de 360 degrés sur lui-même.

— *Poor son of a bitch,* grommela Dooley. La mort doit se marrer en voyant ça. Il y a des années qu'il ne peut plus rien. Il essaie de donner le change. Ça me déprime. *Shit.*

Il s'en alla.

Ce fut à peu près à cette époque que l' « image de marque » du milliardaire de charme telle qu'elle traînait dans les chroniques mondaines et les publications spécialisées dans la poudre d'or et les feux d'artifice d'une Europe glissant vers sa fin dans les tourbillons d'une fête perpétuelle se mit à changer rapidement. Il y eut d'abord un long silence, un an, deux ans. Puis son nom réapparut dans les journaux, mais il avait changé de page et de rubrique : il fallait le chercher à présent dans le *Financial Times,* ou dans ces quelques lignes en petits caractères du *Wall Street Journal* dont la discrétion de bon aloi habillait mieux que les tailleurs anglais de Savile Row les brasseurs d'affaires qui montaient et descendaient au gré des vagues de la plus grande prospérité que l'Occident eût jamais connue. J'appris que Jim Dooley s'était jeté dans le championnat d'Europe de l'expansion et de la croissance avec la même volonté de vaincre et la même hardiesse que celles dont il faisait preuve jadis sur les pistes de bobsleigh. Secouant les milliards poussiéreux qui ronronnaient paisiblement aux États-Unis depuis la mort de son père, il les avait fait multiplier par un jeu rapide et sûr d'entreprises multinationales, et le magazine américain *Fortune* s'était fait l'écho de ses exploits dans un numéro spécial sur les investissements américains en Europe. En 1970, son éventail de holdings était tel que, selon l'expression du *Spiegel,* « chaque fois qu'on tente un rachat d'actions, on se demande si on ne va pas voir apparaître le visage de James S. Dooley à un tournant ». Deux ans après sa création, la banque qu'il avait fondée en Suisse, associée à la Handelgesellschaft de Francfort, contrôlait le « triangle d'or » du secteur immobilier en Allemagne : Hambourg, Düsseldorf, Francfort. Malgré les démentis officiels, les retraits soudains et massifs des fonds qui avaient provoqué la chute de la Herstadt à Cologne et avaient mis fin à l'empire de Gerling semblaient bien avoir été l'effet d'une opération soigneusement mise au point, et les journaux sociaux-démocrates avaient ouvertement accusé Dooley de « capitalisme sauvage ». J'en étais venu à regretter un peu de ne pas avoir fait quelques efforts pour mieux connaître l'Américain. La puissance financière à ce niveau-là exerçait sur moi une fascination contre laquelle je me défendais difficilement et qui allait aussi mal que possible avec l'idée que je me faisais de moi-même. Je m'apercevais aussi que les banquiers parlaient de Dooley avec une neutralité et une absence de tout jugement critique qui accompagnent toujours l'apparition d'une étoile nouvelle de première grandeur au firmament financier. Il faut dire également qu'au cours de ces années — 1962-1970 — la prospérité économique européenne paraissait avoir découvert le secret de la croissance perpétuelle et, grâce à ses retombées économiques, l'argent recouvrait rapidement en France et en Allemagne ce lustre moral et quasi spirituel qu'il n'avait plus connu depuis les hautes heures de la bourgeoisie au dix-neuvième siècle. Je me souviens d'une phrase merveilleuse que j'avais entendue à une réception, après une réunion du Conseil de l'Europe. La femme d'un ambassadeur qui revenait d'un voyage en Chine conclut le récit flatteur de ce qu'elle avait vu : « Mais enfin, le communisme, c'est pour les pauvres. » Le Club de Rome n'avait pas encore publié ses prédictions d'Apocalypse. L'automobile régnait. Le crédit coulait à flots. Le pétrole allait de soi. La France était devenue une bonne affaire. La construction d'ensembles immobiliers comme Port-Grimaud rapportait des milliards à ses promoteurs mais offrait en même temps de quoi rêver à ceux qui avaient dû se contenter jusqu'alors des bijoux offerts par Richard Burton à Elizabeth Taylor, des milliards d'Onassis et de Niarkos, ou des écuries de courses de MM. Boussac et Wildenstein. Mes usines de papier et de contre-plaqué, ainsi que ma maison d'édition d'art, marchaient rondement et je préparais le lancement d'un Club du Livre européen dont la mise initiale se montait à quatre milliards.

Je n'étais pas surpris par la transformation d'un play-boy doré en géant multinational. Le goût des trophées ne passe pas avec l'âge, et le psychisme gagne souvent en acharnement ce que le corps perd en vigueur. Après son accident d'auto, le quinquagénaire Giani Agnelli s'était voué à la Fiat avec une énergie, une ténacité, un souffle qui en avaient fait une des forces vives de la croissance européenne. Son contemporain Pignateri, après avoir ébloui Paris et Rome par ses conquêtes féminines, s'était recyclé dans le cuivre et se dépensait pour consolider et accroître ses assises minières avec une obstination qui étonnait le Brésil. Aux environs de la cinquantaine, la virilité fait souvent quelques transferts et cherche à se constituer un capital de puissance à l'abri du déclin glandulaire.

En 1971, j'appris en ouvrant un hebdomadaire que Jim Dooley voulait redresser la Tour de Pise. Tel était du moins le sens de l'interview qui m'était tombée sous les yeux — mais peut-être la journaliste Clara Foscarini y avait-elle mis quelque malice délibérée. L'Américain exprimait en effet l'opinion qu'il ne suffisait pas de raffermir la célèbre Tour penchée pour l'empêcher de crouler, mais qu'il fallait rendre à ce chef-d'œuvre de la Renaissance sa fière allure d'antan. Selon lui, la science moderne était parfaitement capable de relever ce défi que l'œuvre du temps et les lois de la pesanteur lançaient au génie de l'homme. D'après la journaliste, Jim Dooley lui avait téléphoné à deux heures du matin, comme s'il y avait urgence extrême, et avait exposé son idée pendant une demi-heure, en annonçant qu'il était prêt à financer lui-même l'opération. La Foscarini concluait son article en disant qu'à son avis la science et la technologie avaient cependant des limites évidentes : par exemple, l'odeur de whisky ne se transmettait pas par téléphone.

L'idée de redresser la Tour de Pise provoqua en Italie une hilarité générale, et Dooley fit une déclaration dans laquelle il nia formellement avoir tenu de tels propos. Il avait seulement voulu suggérer aux autorités d'organiser un concours entre ingénieurs afin de déterminer le moyen le plus sûr de préserver de la chute le chef-d'œuvre menacé. Le concours eut en effet lieu mais toutes les solutions proposées furent écartées par la commission gouvernementale qui les jugea inopérantes.

Quelques jours après cette effarante interview, je me trouvai assis à un dîner parisien à côté de la vedette brune que j'avais rencontrée en compagnie de Dooley à Ospedaletti. Ma voisine me demanda si j'étais retourné chez Thiébon. Je lui répondis qu'il y avait quelque chose de profondément démoralisant dans l'obligation d'assister chaque matin aux prouesses accomplies par un homme de soixante-dix ans sur l'eau, avec son bilboquet et ses skis nautiques.

— Oui, c'était assez pénible, dit-elle. Les hommes meurent parfois beaucoup plus tôt qu'on ne les enterre. Vous avez revu Jim?

Je lui dis que nous ne nous fréquentions guère.

— Il fait du bilboquet, lui aussi, remarqua-t-elle, et je notai une certaine dureté dans sa voix et une certaine cruauté dans son sourire.

— Tiens?

Elle remua un instant sa fourchette dans la sauce Périgord de la poularde.

— Enfin, son bilboquet à lui et ses prouesses, ça se passe dans la haute finance. C'est aujourd'hui un des hommes les plus puissants d'Europe...

Elle but un peu de champagne et eut un petit rire.

— Je parle de puissance financière, bien entendu...

Il y avait là quelque chose comme un petit vent glacial qui se levait. Pendant qu'elle parlait à son voisin, je l'observai à la dérobée, et je crois que c'est pour la première fois de ma vie que je regardais une jolie femme comme un boxeur regarde un adversaire avant de monter sur le ring. C'était aussi la première fois que la notion de virilité m'apparaissait soudain sous cet angle-là. J'avais jusqu'à présent négligé cette source du comique.

Le bar du Gritti donne sur le Grand Canal, et l'Américain vint vers moi du côté de la terrasse, la main tendue. On parle volontiers de femmes « statuesques » mais le bronze et le marbre eussent trouvé difficilement un meilleur représentant que l'homme qui se tenait devant moi. La taille et la carrure, le port de la tête donnaient une impression de force et semblaient relever moins de la nature que de quelque intention flatteuse de l'artiste travaillant sur commande. Il portait une chemise blanche sans cravate, le col largement ouvert en triangle blanc sur son veston de sport. Les cheveux gris avaient gardé leurs boucles folles mais celles-ci paraissaient un peu incongrues au-dessus du visage où le temps avait pris pesamment ses aises. Les traits n'avaient gardé de leur finesse que la ressemblance un peu floue qui permet à la mémoire de retrouver les contours que l'âge avait brouillés. Il devait avoir sept ou huit ans de plus que moi. L'Américain gardait ma main dans la sienne et l'autre main sur mon épaule dans ce geste un peu protecteur que j'ai toujours trouvé irritant.

— Content de vous voir, mon vieux, content de vous voir... Nous nous sommes aperçus pour la dernière fois...

Il se mit à rire, pour compenser cet oubli, et m'entraîna par le coude vers une table dans un coin du bar. J'avais demandé quinze jours auparavant un crédit de trois cents millions à la B.P.G. de Genève, contrôlée par Dooley. Plus l'escompte — à quatorze pour cent ! — d'à peu près autant de traites. Je me demandais s'il le savait. L'étranglement du crédit commençait à me poser ce qu'on appelle en langage des affaires une question de vie ou de mort.

Pendant dix minutes Dooley me parla de la situation politique en Italie et de ses effets désastreux sur les tentatives pour sauver Venise. Aucun des projets n'avait reçu ne fût-ce qu'un début de réalisation. Des sommes énormes avaient été avancées par l'Unesco et les organismes internationaux mais les fameuses « directives gouvernementales » se faisaient encore attendre. En réalité, elles étaient prêtes, mais, de crise en crise, Rome était devenue incapable d'agir.

— Ça fait cinq ans que j'entends parler les experts. Je fus le premier à m'intéresser à la question, vous savez. Le premier, aussi, à avoir financé les études...

Il parlait un français rapide et délié mais avec un accent américain très fort qui contrastait curieusement avec l'aisance du vocabulaire. La lumière glauque de l'eau et du ciel vénitien en novembre le frappait en plein visage. Avec moins de dureté et de sauvagerie, c'était celui du condottiere Colleoni de la statue équestre au campo di San Giovanni e Paolo. Je fus frappé par le bleu de ce regard vitreux ou plutôt par sa fixité : c'était le regard des hantises profondes, désespérées, où l'appel au secours se mêle à l'indifférence absolue envers celui à qui il est adressé et qui ne cesse de sonner le tocsin pendant la plus banale des conversations. Les yeux bleu pâle de Dooley avaient avec l'angoisse des rapports qui faisaient de chaque regard une tentative de fuite.

J'entendis derrière mon dos un bruit de casta-
gnettes : les glaçons dans le shaker du barman.

— ... *Conserver,* pour moi, tout est là. C'est un
des mots clés de la civilisation. Ne pas se laisser
entamer. Ne jamais céder un pouce du terrain...
Mais tout reste à faire. Je me souviens encore des
premiers projets, ces fameuses injections de
ciment qui devaient empêcher la ville de sombrer.
Foutaises ! Il apparut très vite que ces « injections » feraient au contraire couler la ville encore
plus vite... Et puis, il y a eu l'idée de faire flotter la
vieille chose au moyen de caissons d'air... Ça n'a
pas résisté à l'examen. Et maintenant que l'on a
établi d'une manière scientifique ce qu'il convient
de faire, c'est l'Italie entière qui se décompose et il
est impossible d'entreprendre quoi que ce soit...

Il faisait des signes au barman pour réclamer
un deuxième Martini. Puis son regard entreprit
une curieuse exploration de mon visage comme
s'il était venu spécialement pour s'assurer que
mon nez était bien en place.

— Nous avons le même âge, je crois ?

— J'ai cinquante-neuf ans.

— Moi aussi.

Je m'efforçai de demeurer impassible, indifférent, mais ne pus sans doute m'empêcher de
trahir ma surprise.

— Ça a l'air de vous étonner ?

— Mais non, pas du tout, pourquoi voulez-
vous que ça m'étonne ?

— Je ne sais pas, moi, vous avez fait une drôle
de tête...

Je n'arrivais pas à m'habituer à cette façon

qu'il avait de parler le français sans faute et sans effort mais avec un accent impossible.

— Vous paraissez plus jeune que moi, dit Dooley.

— L'âge n'est pas soumis à des obligations d'affichage.

— Comment ça se passe, chez vous ?

— Pardon ?

— Vous avez la réputation de vous défendre encore pas mal.

— Je fais beaucoup de sport.

— Je parle des femmes.

Dès qu'un homme se met à me parler « femmes », au pluriel, sur un ton de complicité masculine entre connaisseurs de viande sur pied, je ressens à son égard une montée de haine presque raciste. Et j'ai toujours eu horreur de ces racolages confidentiels qui impliquent la fréquentation des mêmes bas-fonds psychologiques.

Je me taisais. La main de Dooley errait sur la table. Il baissait les yeux et semblait m'avoir oublié. Le jour était devenu gris sur son visage.

— Les femmes qui deviennent de plus en plus grandes, vous connaissez ?

— Je ne vois pas du tout ce que vous voulez dire.

— Non ? Eh bien, je vais vous expliquer. Pour moi, les bonnes femmes ont commencé à grandir il y a... quoi, quatre, cinq ans. La première était une môme de dix-huit ans, et déjà elle était trop grande à l'intérieur. Une distension du vagin, quelque chose de maison. Je sentais à peine le contact.

— Il paraît qu'il y a une opération banale qui arrange ça.

— Bon, mais je rencontrai ensuite une très belle fille de vingt-deux ans, une cover-girl danoise... Ce qu'on faisait de mieux dans le prêt-à-porter à l'époque... Eh bien, elle aussi souffrait de cette difformité intérieure... Et ensuite, il y eut cette Eurasienne que vous avez vue au cinéma... Même truc... trop grande ! J'avais jamais vu ça, la vraie série noire, quoi... Je m'en suis ouvert à Steiner, vous savez, celui de l'électronique... C'est un homme de notre âge, la soixantaine, et il n'a pas dételé, lui non plus... C'est ça l'important, mon vieux : ne pas dételer, ne pas lâcher pied... Donc, je lui en parle et c'est là que j'ai appris l'affreuse vérité...

Il eut un ricanement sans gaieté...

— Vous savez ce qu'il m'a dit ? « Mon vieux, ce ne sont pas tes bonnes femmes qui sont devenues trop grandes... C'est toi qui deviens trop petit. »

Le géant fissuré regardait fixement par-dessus mon épaule, et je me retournai instinctivement : rien, un mur.

— J'ai perdu au moins deux centimètres en un an et je ne durcis plus complètement. Oui, mon vieux, c'est comme ça. On y passe tous, y a pas de bon Dieu. En 1944, je débarquais en Normandie, à Omaha Beach, sous les mitrailleuses, je libérais Paris ; vous, vous étiez un héros de la Résistance, colonel à vingt-six ans dans le maquis ; et maintenant, on ne peut plus bander. Vous ne trouvez pas ça dégueulasse ?

— Oui, ce n'était vraiment pas la peine de gagner une guerre...

Je me réfugiai dans l'ironie

— Peut-être faudrait-il refaire une guerre pour remettre ça d'aplomb.

— Naturellement, je ne me considère pas encore comme foutu. Mais vous savez ce que c'est, quand vous êtes au lit avec une fille et que vous n'osez pas vous y risquer parce que vous savez que vous allez ployer, c'est pas assez dur, vous n'allez pas réussir à vous frayer le chemin et vous débandez complètement, à cause de l'anxiété et du désespoir, et vous vous trouvez alors ou bien avec une maman qui vous console et vous caresse le front et vous dit « ça ne fait rien, tu es fatigué », ou « mon pauvre chéri », ou bien avec une salope qui essaie de ne pas se marrer parce que le grand Jim Dooley, il ne peut plus bander, il ne vaut plus rien, il n'y a plus personne...

— La chute de l'Empire romain, quoi.

Il ne m'écoutait pas. Il ne me voyait pas. Je n'étais pas là. Il était seul au monde. On pouvait tous crever : il ne bandait plus. Des yeux où la panique et une rancune immense s'étaient figées dans un éclat vitreux.

— Vous êtes à leur merci. Ça dépend sur qui vous tombez. Si c'est une salope, vous êtes foutu. Elle raconte ça partout. Vous savez, Jim Dooley, il est fini. Il ne peut plus. Il ne vaut plus rien... La découverte de l'Amérique, quoi. Heureusement, il y en a toujours qui croient que c'est de leur faute, qu'elles ne sont pas assez bandantes. Et puis il y a le prestige et elles ont peur de me perdre, alors elles me font de la pube... A soixante ans, il est encore formidable... une force de la nature...

Il s'interrompit, attendit, pour me donner le temps d'avouer, moi aussi... Je mettais beaucoup de soin à allumer ma cigarette.

— Et vous connaissez ça, plus on se demande si on va réussir à bander et moins on bande... encore un triomphe de la psychologie. Et plus on est angoissé et plus on baise, pour se rassurer, ou, en tout cas, on essaie. Finalement, ce n'est même plus du tout parce qu'on a envie, c'est pour se rassurer. Pour se prouver qu'on est encore là. Quand vous y arrivez, vous vous dites ouf! ce n'est pas encore la fin, je suis encore un homme. Et vous savez quoi? Auparavant, je regardais une bonne femme pour voir si elle me plaisait; maintenant, je la regarde et je me demande : et si ce n'est pas une clitoridienne? Si c'est une vaginale? On ne peut pas savoir d'avance, il faut aller sur le terrain...

Je demandai :

— Vous avez déjà essayé d'aimer quelqu'un?

Pour la première fois, il y a eu sur son visage une trace d'humour.

— Avec *quoi*? Parce que ça se réduit à ça, mon vieux. Avec *quoi*? Vous connaissez l'histoire du gars qui passait son conseil de révision et le médecin lui dit « faites voir vos organes géni-taux », et le mec ouvre la bouche, montre la langue et fait « aaaaa... ». C'est absolument dégueulasse, le coup qu'on nous fait, mon vieux. Tomber d'un seul coup, bang! le genre chêne foudroyé, d'accord. Je ne demande pas mieux. Mais quand vous êtes dans le lit avec une belle fille et qu'il n'y a plus personne... L'autre jour j'étais comme ça étendu sur le dos, après la bataille, ça n'avait pas marché, et la bonne femme m'a regardé en se rhabillant, et je faisais une drôle de gueule, du genre a titre posthume. Elle a écrasé sa cigarette et puis elle m'a lancé : « Vous êtes un de ces hommes qui ne peuvent pas se résigner au déclin sexuel parce qu'ils ont l'habitude d'être riches... »

Je dis avec détachement, comme toujours lors que je parle de moi-même :

— Il y a de ça.

— J'étais tombé sur une pute de gauche, mon vieux, et celles-là, elles ne baisent pas, elles prennent des notes... L'ennui, c'est que je ne suis pas mûr pour le renoncement. C'est pas mon genre. Je ne lâche pas facilement. Je lutte jus-qu'au bout. J'ai toujours été un lutteur.

— Un champion.

— Si vous voulez... Ah, tenez, je sais où nous nous sommes vus pour la dernière fois. Au championnat d'Europe de bobsleigh.

— Vous vous trompez. Nous nous sommes vus pour la dernière fois chez Thiébon... au bilboquet.

Il se tourna vers la baie vitrée et la lumière creusa ses rides comme sous l'effet d'un burin invisible. Les traits, à la fois fins et brouillés par l'âge, et les boucles en anneaux des bustes et médailles romains avaient avec les visages des Césars des rapports inattendus : aucune œuvre antique ne nous a transmis des images de désespoir...

Il me fallait quand même savoir...

— Pourquoi moi ?

— Parce que je vous connais très peu et que c'est toujours plus facile... Et puis, nous avons fait la même guerre... et nous l'avons gagnée. Ça rapproche.

Il me regarda durement.

— Comment ça se passe, chez vous ? Et ne me racontez pas d'histoires, mon vieux. Nous avons le même âge...

Il y avait déjà un bon moment que j'avais envie de me lever et de quitter la table, mais j'ai un instinct de conservation très développé. J'étais à présent certain que Dooley était au courant du prêt et de l'escompte que j'avais demandés à sa banque. C'était pour cela qu'il m'utilisait comme paillasson. Je ne pouvais pas me défendre.

Je haussai les épaules.

— Vous ne m'avez quand même pas réveillé à sept heures du matin pour échanger des informations sur nos états glandulaires respectifs...

— On raconte que vous êtes encore un gros baiseur... Alors, je me suis dit, je vais aller lui parler... entre *ex*... Je vais lui demander comment il fait. Il paraît que votre petite Brésilienne est tout à fait ravissante...

Je me levai.

— Écoutez, Dooley, ça suffit comme ça. Vous êtes ivre. Vous devriez aller vous coucher et dormir. Un peu d'oubli vous ferait le plus grand bien.

Il posa son verre.

— Asseyez-vous. Vous me devez une fière chandelle. La B.P.G. vous accorde le crédit que vous avez demandé. Et l'escompte. Ils étaient contre. Ils croient que vous êtes foutu. Moi aussi, je le crois. Non : *je le sais.* Et vous aussi. Mais vous faites encore semblant. Ou peut-être ne le savez-vous pas. Ou que vous ne voulez pas le savoir.

Je me suis mis à rire. Ce n'était pas un rire forcé : la nouvelle m'ôtait un poids immense des épaules.

— Depuis quand les banques suisses prêtent-elles de l'argent aux entreprises qu'elles savent condamnées ?

— Depuis que le petit père Dooley leur donne des ordres. Vous êtes foutu. Kaputt. Bon, vous ne le savez peut-être pas vous-même : on vit d'espoir. On croit que ça va... se redresser.

— Vous parlez de vous-même, de moi ou de la Tour de Pise ?

— Très drôle. Oui, je suppose que vous n'êtes pas au courant. Vous ne voulez pas regarder ça en face. Et puis, il faut parfois beaucoup de temps pour être renseigné sur soi-même.

— J'ai une offre d'achat de trois milliards de Kleindienst.

— ... De deux milliards et demi.

— Je demande quatre.

— Je sais. Très intéressant. Nous en reparlerons, si vous le voulez bien. Avant de vendre venez me voir.

Il plongea le nez dans son verre.

— Kleindienst, oui... Ce mec-là, je ne peux pas le blairer, grommela-t-il, et cette tournure de phrase, avec son puissant accent américain, me parut soudain d'un irrésistible comique.

Pour la première fois, je me rendais vraiment compte de la tension nerveuse dans laquelle je vivais depuis des mois.

— Qu'est-ce qu'il vous a fait, Kleindienst ? Il vous a battu aux billes ?

— Il me fait chier, c'est tout.

— Et pourquoi, si ce n'est pas indiscret ?

— Vous ne comprendrez pas, mon vieux. Vous ne faites pas le poids. Les Français ne font pas le poids. Votre Sylvain Floirat, il a... quoi, soixante-quinze ans ? Boussac et Prouvost, c'est du quatre-vingt-cinq ou du quatre-vingt-huit. Et Boussac vient de passer la main. Et il n'y a personne derrière. C'est pas parmi les Français qu'on trouvera un challenger. Il y avait Giani Agnelli, mais les syndicats les lui ont coupées. Bon, il y a Cefis, en Italie. Il y avait Gerling, en Allemagne, mais il a glissé sur une peau de banane avec le krach de la Herstadt... Il y a encore en Europe quelques gars qui se défendent et qui peuvent disputer le titre européen... Qui ? Vous les connaissez aussi bien que moi. Bosch, Bürba, Gründing... mettons encore Neckermann et Oetzger... Et il y a surtout Kleindienst... et moi. Sur ce terrain-là, je tiens encore drôlement le coup, mon vieux, je ne suis pas un *ex*. Bon, je ne peux pas me taper Kleindienst tout entier, mais sa S.O.P.A.R., ça m'intéresse... Vous avez intérêt à me faire signe, avant de traiter avec lui... Cet enfant de pute essaie de décrocher le titre de champion d'Europe toutes catégories, vous le savez aussi bien que moi...

Je me disais qu'il y avait de cela dix ou douze ans, à la même table du Gritti ou peut-être à cent mètres de là, au Harry's Bar, Hemingway devait tenir à peu près les mêmes propos, en parlant de ses challengers littéraires. Il avait poussé son image de champion du monde jusqu'au suicide. Nous sommes tous très portés au championnat, mais les Américains sont moins enclins que tous les autres peuples à reconnaître dans l'homme la part d'échec.

— Au revoir, Jim.

— Au revoir. Ça fait plaisir de parler du bon vieux temps. Il faudra nous rencontrer plus souvent. Nous avons des tas de souvenirs communs, après tout.

Il leva un doigt vers le revers de mon veston.

— Moi, j'sais ce que ces p'petits rubans veulent dire...

II

Je montai à l'appartement. Les rideaux étaient fermés et la nuit avait laissé derrière elle les lampes allumées, dans le désordre des fuites précipitées et des valises bouclées à la hâte. Laura était assise dans un fauteuil, le pick-up à ses pieds, et écoutait un disque. Elle avait rejeté la tête en arrière et ses cheveux dénoués coulaient jusqu'au tapis. J'enjambai Bach, Mozart et Rostropovitch, et me laissai tomber sur le sofa ; je devais avoir l'air d'un homme qui vient de se faire voler ses économies, pourtant si soigneusement enterrées au fond de lui-même. Dooley avait fouillé partout et il avait tout laissé ouvert.

— Qu'est-ce qu'il y a, Jacques ?

— Rien. Monologue intérieur.

— On peut savoir ?

— ... N'avouez jamais.

Elle vint s'agenouiller près de moi, s'appuya sur les coudes, se pencha sur mon visage.

— J'exige !

— Je pensais à la chute de l'Empire romain. La chute de l'Empire romain, c'est la chose la mieux partagée du monde, mais chacun s'imagine qu'il est le seul à qui ça arrive. Très démocratique. Très chrétien, aussi... L'humilité, le renoncement, tout ça...

— Tu fais de très jolies pirouettes.

— Oui. Sur l'eau. Je crois même que je suis tellement fort que je pourrais faire du ski nautique en jouant au bilboquet en même temps.

— Qu'est-ce qu'il te voulait ?

— Nous avons parlé pendant une heure de... processus irréversible.

— A propos de quoi ?

— A propos de Venise, bien sûr. On ne peut pas l'empêcher de couler.

— Qui est ce Dooley ?

— Un homme très puissant... financièrement. Les Américains sont très peu doués pour l'impossible. Il y a deux ans, il a voulu redresser la Tour de Pise. Hé oui. J'ai rarement vu un type aussi désespéré si tôt le matin.

Elle appuya sa tête contre mon épaule.

— Je t'aime.

C'était dit pour me rappeler qu'il y avait une réponse à tout et une seule.

Il y a chez Laura un côté « île heureuse » qui doit sans doute beaucoup à son Brésil natal mais encore plus à ses rapports confiants avec la vie. Laura ouvre chaque matin la fenêtre au jour qui se lève comme si ce vieux traînard l'attendait depuis l'aube les bras chargés de dons. Les yeux sont d'une gaieté brune et chaude sous des sourcils presque droits dont elle préserve l'épaisseur — que je plains donc ces fronts déflorés par l'épilation où le trait de crayon, toujours plus ou moins beige, annule par sa platitude tous les jeux de l'ombre et de la lumière! — elle porte ses cheveux en chignon, et lorsqu'elle les libère je me sens chaque fois surpris par la transformation du visage qui passe de la tranquillité au tumulte. Les lèvres entrouvertes semblent toujours un peu abandonnées, comme si elles avaient été créées par un baiser interrompu et, de la sérénité du front à la douce obstination du menton, la jeunesse chante sa certitude que rien ne doit jamais finir.

— Qu'est-ce qu'il y a, Jacques ? Qu'est-ce qu'il y a *vraiment* ?

— Un homme est venu faire ma caricature et c'était très... ressemblant.

Je n'avais encore jamais connu l' « angoisse vespérale » parce que l'absence d'amour diminuait jusqu'à l'insignifiance l'importance de l'enjeu. Mes rencontres étaient sans lendemain : elles ne posaient donc pas de question d'avenir. Je ne m'adonnais pas à de périlleuses petites comptabilités comme tant d'autres hommes en fin de parcours qui ne cessent de mesurer leurs pertes. Je savais, certes, que je déclinais, mais ce n'était pas sans avantage. Lorsque je me trouvais devant une partenaire un peu lente par choix ou nature, la diminution de ma fougue et une sensibilité légèrement émoussée me permettaient de tenir le temps qu'il fallait pour ne pas décevoir une attente aussi légitime. C'était sans doute pour cela qu'une jeune femme avait confié à son mari que j'étais « un gentleman jusqu'au bout des ongles ». Celui-ci me l'avait répété et je regardai mes ongles avec autant de surprise que de gêne. J'avais entendu une amie me dire, après une étreinte où je ne pus durer le temps qu'il fallait que parce que je n'arrivais pas à finir : « Je ne suis bonne à rien avec les jeunes. Ils sont trop fougueux, trop impatients. » Apparemment, elle préférait avoir affaire à un vieil ouvrier de France.

— ... Il y a aussi que, pour la première fois, j'aime comme je n'ai jamais aimé auparavant : avec désespoir...

— Qu'est-ce que ça veut dire, aimer quelqu'un avec désespoir ?

— Nous sommes aux deux bouts de la vie, toi et moi, Laura... Mais Érasme a écrit son *Éloge de la folie* et il ne nous connaissait pas ni toi ni moi, ce qui prouve... Je ne sais pas ce que ça prouve mais c'est merveilleux d'avoir Érasme avec nous...

Elle lève vers moi son menton obstiné et le regard grave de l'enfant qui refuse de jouer parce qu'on triche.

— ... Qu'est-ce que ça veut dire, aimer quelqu'un avec désespoir ?

Nous nous étions rencontrés six mois auparavant à la suite d'une erreur. Laura m'avait pris pour un autre. Je m'étais rendu seul au concert de Guilels, abandonnant à l'entrée à un étudiant le deuxième billet que j'avais pris. Lorsque aucun prénom ne nous vient spontanément à l'esprit et que l'on se met à feuilleter son carnet d'adresses, le mieux à faire est de renoncer, ne serait-ce que par égard pour l'amitié, et de ne pas lui manifester ce manque de respect qui consiste à se rafraîchir la mémoire. A la sortie, une jeune femme brune, dont le teint semblait avoir avec le soleil des rapports de naissance plutôt que de rencontre, se détacha de la foule et vint vers moi, le programme à la main.

— Excusez-moi, est-ce que je peux vous demander de signer mon programme ? J'admire tant votre œuvre...

J'inscrivis de bonne grâce mon nom au coin de la couverture.

— Voilà. Mais, dites-moi, mademoiselle, comment saviez-vous que j'étais international de rugby en 1936 ? Vous n'étiez même pas née à l'époque...

Elle parut décontenancée, baissa le regard vers la couverture...

— Oh, je suis désolée, vraiment... Je vous ai pris pour Michael Sarn et comme il est un de mes compositeurs préférés...

— Sarn doit avoir au moins quinze ans de moins que moi. C'est très encourageant. Je vais essayer de composer quelque chose. C'est peut-être un signe du destin. Il y a des intuitions féminines...

Je commençais à faire joujou, je voyais qu'elle s'en rendait compte et je sentais déjà que nous méritions mieux que cela, tous les deux.

— Excusez-moi, dis-je, et je me souviens que, sans aucune raison dont j'eusse eu conscience, je fus soudain bouleversé, comme si dès cet instant je me fusse rendu compte que c'était là, enfin, mais qu'il était trop tard.

36

Je me penche sur son visage, j'effleure son front de mes lèvres... J'écris ces quelques mots au présent. Ça aide à revivre.

— Cela veut dire que nous nous sommes rencontrés à la suite d'une erreur, Laura. Souviens-toi. Tu m'avais pris pour quelqu'un d'autre... Et tu avais raison...

Je me tais. Il a été convenu dès le début que la différence d'âge ne serait jamais mentionnée entre nous. Dès les premiers jours de notre liaison, il fut entendu entre nous que la vie peut ainsi venir à la fin et tout sauver, comme le messager du roi dans un dernier acte de Molière. Mais j'avais trente-sept ans de plus que Laura et je commençais à guetter mon corps comme s'il était celui d'un étranger qui était venu prendre ma place. J'avais du mal à me débarrasser de cette vigilance dont je connaissais pourtant l'insidieux péril et, après l'étreinte, il m'arrivait d'être plus heureux parce que j'avais été « à la hauteur » que d'être tout simplement heureux. Peut-être manquais-je de fraternité envers les femmes et que, sans fraternité, l'amour et le bonheur ne sont eux aussi qu'un championnat du monde. Il y a la virilité et il y a l'infection virile, avec ses millénaires de possession, de vanité et de peur de perdre. « La mythologie du surbouc... », avait écrit sur un feuillet, en guise d'explication, mon ami le poète Henri Drouille, avant de se tirer une balle dans la tête. Et son amie m'avait crié : « Je ne comprends pas, je ne comprends pas ! C'était un si merveilleux amant ! » Oui, et même si merveilleux qu'elle ne s'était aperçue de rien. Je vis passer devant moi le masque viril de Jim Dooley et j'entendis presque sa voix, avec son accent, et ces mots que je lui prêtais : « C'était peut-être une clitoridienne. Quelquefois, on a du pot. » Non, jamais, pas moi. Il faut savoir finir.

Il m'avait toujours paru que le vieillissement prépare au vieillissement. Il était, me semble-t-il, saisons, étapes, signes annonciateurs du changement : un « peu à peu » qui donne le temps de réfléchir, de se préparer et de prendre ses dispositions et ses distances, se fabriquer une « sagesse », une sérénité. Un jour, on se surprend à penser à tout cela avec détachement, à se souvenir de son corps avec amitié, et se découvrir d'autres intérêts, les croisières, le bridge et des amitiés parmi les antiquaires. Or, je n'avais encore jamais eu de défaillance. Mes sens n'avaient jamais refusé de s'éveiller. Sans doute, depuis longtemps déjà, il n'était plus question pour moi de ces nuits où le corps ne lésine pas jusqu'à l'aube et ne sait même pas compter. Mais tout cela n'avait guère d'importance, car il n'y avait pas d'autre enjeu que de donner à chacun son dû. Il ne s'agissait que d'un échange de bons procédés. On se rencontrait et on se quittait avec gentillesse ; il restait même souvent cette amitié et cette petite nostalgie souriante, complice, que laissent derrière eux d'aimables souvenirs. Si j'avais affaire à une partenaire un peu compliquée, les choses prenaient un aspect gymnastique dont je ne me serais pas aperçu auparavant et me posaient des problèmes de souffle, de souplesse et de résistance musculaire plus que de vigueur

38

sexuelle. Je m'en étais rendu compte pour la première fois avec une amie qui ne pouvait se passer à la fois de pénétration et de caresse manuelle, à la suite de je ne sais quels débuts dans la vie. Je devais me pencher en avant, à genoux derrière Aline, tendant le bras, ce qui diminuait la portée de ma présence en elle, situation d'autant plus délicate qu'il lui était agréable, au même moment, de bénéficier d'un pincement continu aux tétons juste au bord de la douleur, ainsi qu'elle me l'avait indiqué avant d'aller sur le terrain, cependant que son agitation extrême, ardente, désordonnée, me forçait à la retenir en passant un bras autour de sa taille afin de contrôler les soubresauts et les écarts excessifs qui menaçaient à tout moment de me jeter dehors. Je me trouvais manquant de membres : il m'aurait fallu quatre bras pour mener à bien mon affaire. Les efforts purement musculaires que je devais faire s'effectuaient au détriment de ma concentration et de l'influx nerveux, et lorsque nous parvenions à nos fins au bout d'un petit quart d'heure, ma plus grande satisfaction était de pouvoir souffler un peu. Mais la nature féminine est d'une extrême variété, richesse et abondance, et il y a toujours en ce monde des êtres faits pour s'entendre. Ce fut seulement après ma rencontre avec Laura que je m'aperçus vraiment de mon déclin. Pour la première fois dans ma vie d'homme je m'observais plus dans l'étreinte que je ne m'oubliais, et *me* sentais au lieu de sentir. Pour la première fois aussi se posaient pour moi les soucis odieux de dureté et d'ampleur et il me fallait souvent m'assurer d'un mouvement furtif de la main que j'étais « prêt ». Sans doute en était-il ainsi depuis un certain temps déjà, mais je ne m'en préoccupais guère. Lorsque je m'en apercevais, mon manque d'ardeur me semblait dû au manque d'amour. Je le mettais au compte de l'insignifiance. Je me disais que mes rapports avec les femmes devenaient moins anonymes, qu'ils se personnalisaient davantage, qu'ils s'accommodaient mal de l'absence d'authenticité, de la pauvreté affective. Mais dans les bras de Laura, il n'y avait pas d'illusion possible. Jamais je n'avais aimé avec un don aussi total de moi-même. Je ne me souvenais même plus de mes autres amours, peut-être parce que le bonheur est toujours un crime passionnel : il supprime tous les précédents. Chaque fois que nous étions unis ensemble dans le silence des grandes profondeurs qui laisse les mots à leurs travaux de surface et que, très loin, là-haut, les mille hameçons du quotidien flottent en vain avec leurs appâts de menus plaisirs, de devoirs et responsabilités, il se produisait une naissance du monde bien connue de tous ceux qui savent encore cette vérité que le plaisir réussit parfois si bien à nous faire oublier : vivre est une prière que seul l'amour d'une femme peut exaucer. Que ce fût dans l'appartement de Laura au Plaza, ou chez moi, rue Mermoz, les objets les plus humbles devenaient des objets de culte. Les meubles, les lampes, les tableaux prenaient un sens secret et avaient acquis en quelques jours la patine des souvenirs. Il n'y avait plus de clichés, de banalité, d'usure : tout était pour la première fois. Tout le linge sale des mots d'amour que l'on a si peur de toucher, parce qu'il est couvert de taches suspectes que les mensonges y ont laissées, renouait ses liens avec le premier balbutiement, le premier aveu, le regard des mères et des chiens : les poèmes d'amour étaient là bien avant l'œuvre des poètes. Il me semblait qu'avant notre rencontre ma vie ne fut qu'une suite d'esquisses, brouillons de femmes, brouillons de vie, brouillons de toi, Laura. Je n'avais connu que des préfaces. Les mimiques d'amour, la multiplicité, la variété, les coucheries, tous ces au revoir et au plaisir, sont une absence de don authentique qui se réfugie dans le pastiche, dans un « à la manière de » de l'amour. C'est parfois fort bien torché et le métier ne se voit pas trop, le savoir-faire dissimule son habilité, il y a de l'aisance, on peut vivre de moins que rien et pour pas cher, même seulement de plaisir, et d'ailleurs on ne peut pas passer sa vie à attendre qu'elle se révèle capable de génie. La vie s'était montrée capable enfin de génie à mon égard lorsqu'elle m'avait fait rencontrer Laura, mais ce fut seulement dans un moment de cruauté. Ce n'est pas que mon corps automnal refusât de servir, mais il me parlait de plus en plus de moi-même et de moins en moins de Laura. Il s'imposait lourdement à moi dès le début de l'étreinte, tardait à répondre, me rappelait ses limites et, cependant que je brûlais de ferveur impatiente, il exigeait des ménagements, des mises en état et des soins. Tout ce qui avait été chant était devenu murmure...

Tu lèves vers moi un regard rieur.

— Jacques, je ne veux pas que tu imagines que je ne peux plus me passer de toi et que tu te sentes prisonnier.

— Bien, je le sais.

— Tu peux me quitter n'importe quand, je ne dirai rien, je te suivrai partout, je veux que tu te sentes libre. Naturellement, si tu tombes amoureux d'une autre femme, il faut que tu me le dises, je n'avalerai pas un tube de somnifère, ce serait du chantage, j'irai seulement voir si elle est belle et puis je me coucherai vêtue de ma robe de mariée et je mourrai de vêpres siciliennes...

— Les vêpres siciliennes sont un opéra.

— ... Mais ça sonne comme le nom d'une maladie avec des plaques rouges et des vomissements. Monsieur, te dira le médecin, votre amie est atteinte de vêpres siciliennes, ça ne pardonne pas. Et toi, vêtu d'un habit et revenant d'une nuit d'amour, tu jetteras ton violon à tes pieds et tu t'écrouleras en sanglotant...

— Mon violon ? Pourquoi aurais-je un violon ?

— Il faut de la musique à un moment aussi triste.

— Tu as une imagination tropicale

— On dit : baroque. Tous les romans et tous les films en Amérique du Sud sont baroques, en ce moment. Nous avons une très belle littérature et maintenant tu en fais partie. Je t'ai déjà écrit une dizaine de lettres que j'ai envoyées à mes amies à Rio pour qu'elles rêvent de toi. Tu vas être un amant légendaire au Brésil. J'ai des relations, tu sais. Je suis folle ?

— Non, Laura. Mais chez nous les enfants s'arrêtent de rêver beaucoup plus tôt, parce que notre lumière et nos champs ont le goût de la mesure. Nous manquons d'Amazonie.

— Ce n'est pas vrai, vous avez Victor Hugo.

Tu effleures mes lèvres du bout des doigts, souris, appuies ta tête contre ma joue et mon cou, et il doit y avoir d'autres façons de vivre, il faut que je me renseigne. De lents voiliers glissent vers des rivages paisibles et je guette leur douce et chaude navigation dans mes veines. Jamais mes bras ne se sentent plus forts que lorsqu'ils crèvent de tendresse autour de tes épaules. Il y a un monde, dit-on, derrière les rideaux, une autre vie, dehors, mais c'est de la science-fiction. Le flot de minutes fait un détour et s'en va grignoter ailleurs.

— Laura...

— Oui ? Demande-moi, c'est le moment, je connais maintenant la réponse à tout...

— Rien.. Je voulais seulement prononcer ton nom.

Je n'ai jamais été un homme de plaisir mais un homme de sanctuaire. Lorsque je te serre très fort dans mes bras, ton corps me donne aide et protection. La vie attend pour me reprendre dans ses tourments que je cesse d'être intouchable. Il y a autour de nous comme une chrétienté enfin accomplie de tendresse, de pardon et de justice rendue, et ensuite, lorsque nos souffles se séparent et qu'il faut recommencer à vivre coupés en deux, il reste la connaissance heureuse du sanctuaire et une œuvre immatérielle faite de certitude de retour.

Tu cherches mon regard. Jamais tu ne m'as demandé comme tant d'autres femmes : « A quoi penses-tu ? » ce qui m'a toujours fait l'effet d'un passage de bulldozer. Tes lèvres se collent aux miennes, et la brûlure parcourt mon corps et éveille en moi celui que j'ai été. Mais ce qu'il y a encore de spontané dans cet élan se double aussitôt de besoin d'assistance et le visage moqueur de Carlotta passe devant moi ; elle m'avait beaucoup fait rire, autrefois, en me disant de sa voix italienne : « Lorsqu'un homme commence à guider d'abord ma main et ensuite ma tête, je sais qu'il n'en a plus pour longtemps. » Trop de vie, trop de connaissance, trop d'humour... Mes mains courent sur ton corps, s'attardent, insistent, mais je demande surtout à mes caresses de me stimuler moi-même. Je te touche doucement, à peine, à peine, pour que tes seins, tes cuisses creusent ma main de vide et m'appellent encore plus. Surtout, ne pas penser, ne pas se chercher et se guetter, mais faire appel à cette lucidité au second degré qui sait éviter ce qu'il y a de périlleux dans la lucidité. Ton visage, tes yeux se voilent, ta main me cherche...

— Oh toi, toi, toi...

Celui que je fus autrefois se porte à sa rencontre, mais l'aveuglement, la joie et la fureur de vivre, de se laisser aller, de s'enivrer, de se donner sans compter et sans ménagement ont fait place à de prudents soucis de petit épargnant : j'ai réussi à gagner habilement dix bonnes minutes par des caresses initiales pour m'éviter l'épuisement par un excès de durée en elle. Mon propre plaisir m'est totalement indifférent, et comment en serait-il autrement, alors qu'il s'agit d'une question de vie ou de mort? Mon acharnement est tel que je ne sais même plus si j'ai peur de te perdre, Laura, ou si j'ai surtout peur de perdre. Il y a le déchirement d'une tendresse infinie, de la douceur de ce corps si confiant dans ma force. Il y a des moments de froide ironie où j'entends presque les cris des supporters venus encourager l'équipe de France au championnat du monde.

J'irai encore plus loin dans le comique. Plus mon anxiété augmentait et plus il me fallait une « deuxième fois » pour me rassurer. C'était une marge de sécurité que je me donnais en vue de la retraite future. J'y parvenais parfois, en mobilisant toutes mes ressources nerveuses et en tirant habilement profit de l'exaspération qui fouettait mon sang. Et lorsque le regard de Laura commençait à sombrer, puis revenait à la surface et cherchait le mien, la seule chose que je réussissais encore avec la plus grande aisance c'était un sourire souverain de maîtrise, à la fois tendre, un peu protecteur... et si viril.

Il y avait six mois que nous étions ensemble et tu ne t'apercevais de rien, ma chérie. Je tenais bon. Et comme toutes les natures heureuses, tu étais peu exigeante et ne savais même pas que tu l'étais si peu.

Nous restâmes encore deux jours à Venise, parcourant la ville en tous sens pendant des heures, visitant toutes les églises. Au retour, lorsque je te prenais dans mes bras, c'est toi qui me disais : « Ah non, Jacques, pitié, je suis morte, morte, je ne sais pas comment tu fais, tu es vraiment une force de la nature... »

Je reprenais espoir. Il s'agissait de trouver un rythme de croisière. Avec tous les musées de France à ma disposition, je pouvais encore m'en tirer.

III

Je déposai Laura à l'hôtel et rentrai chez moi rue Mermoz. L'appartement m'accueillit avec un air chaque-chose-à-sa-place qui me donna aussitôt la sensation de ne pas être chez moi : ce petit monde bien rangé correspondait aussi peu que possible à mon désordre intérieur. Sur mon bureau, les messages commençaient tous de la même façon : « Appelez d'urgence... » Au dictaphone, la voix posée de ma secrétaire m'informa : « Votre fils vous prie de passer au bureau dès votre retour. » Je souris. Je voyais mal ce que je pouvais faire contre l'inflation, la baisse catastrophique des commandes — quatre-vingts pour cent par rapport à l'année précédente —, contre la chute de la Bourse où mes actions avaient perdu en quelques mois trois quarts de leur valeur, la crise de l'énergie et la plus grande découverte depuis l'œuf de Colomb : que l'Europe n'avait pas de matières premières...

J'appelai mon fils.

— Salut, Jean-Pierre.

— Bonjour, p'pa.

J'attendais qu'il me posât la question. Je n'avais pas informé ma filiale zurichoise, laquelle n'avait du reste aucune activité réelle. C'était une fiction légale qui me donnait une existence théorique aux yeux des autorités suisses et me permettait d'être en règle avec la Banque de France Jean-Pierre ne m'avait pas téléphoné une seule fois à Venise. Ses rapports avec l'impatience, la vivacité et les manifestations excessives d'énergie étaient des plus réservés : il avait dû m'observer attentivement et en avait tiré certaines conclusions. Je pense qu'il s'appliquait très attentivement à ne pas me ressembler : l'influence paternelle. Le silence se prolongeait : j'avais l'air de ménager mes effets.

— Nous avons le crédit. Et l'escompte.

— Ah bon.

— Avoue que tu n'y avais jamais cru...

— Je manque d'imagination. Qu'est-ce qui a bien pu les décider ?

— Finalement, tu sais, il y a toujours le facteur personnel qui compte. Ils me connaissent. Ils savent...

Je faillis dire : « Ils savent que je suis un lutteur », mais je me suis retenu à temps. Ce n'était pas le moment. Je me réfugiai dans mon prêt-à-porter habituel : l'ironie...

— Tu sais, quand Giscard d'Estaing a fait sa plongée en sous-marin... j'ai eu peur. Pas à cause du sous-marin, non. J'avais peur qu'il se mette à marcher sur l'eau. Je suis comme ça, moi aussi. Je fais des miracles.

48

— En effet. J'avoue que je n'y avais pas cru une seconde. Ça va aussi mal que possible.

— Qu'est-ce que tu veux, l'Europe a perdu son histoire. Elle n'a plus de vitalité propre. Nos matières premières, à quatre-vingts pour cent, sont chez les autres. On parle de notre « matière grise » et là, bien sûr, nous avons de quoi faire. Ça carbure à fond, là-dedans. Mais toutes nos sources d'énergie, de vitalité — nos couilles, quoi — sont dans le tiers monde, chez nos anciens colonisés... Alors, maintenant, c'est le moment de vérité.

— Tu passes au bureau?

— Je vois ça d'ici, tu sais...

— Il y a eu encore des annulations de commandes depuis que tu es parti. Et interdiction de licencier...

— Oui, j'ai lu. Ils ont raison. On parlera de tout ça. Déjeunons ensemble demain. Mariette te dira où...

J'hésitai un moment.

— Jean-Pierre...

— Oui?

— Je suis à peu près décidé à vendre.

Il se taisait.

— Enfin, j'y pense sérieusement...

Je m'entendis soudain dire avec une véhémence qui me surprit moi-même :

— Je ne peux pas lutter sur tous les fronts à la fois...

Ce fut peut-être pour la première fois que je m'avouais ainsi à moi-même où j'étais parvenu dans mes rapports avec mon corps — et avec Laura...

Je raccrochai, allai défaire ma valise et passai dans la salle de bains. Je vidai mon nécessaire de toilette et trouvai au fond une feuille de papier que je dépliai : c'était une ordonnance. Je la jetai dans la corbeille. Je m'étais dit que je ne prendrais jamais aucun « fortifiant » de ce genre. D'ailleurs, ce n'était pas pour cela que j'étais allé voir Trillac. J'avais des douleurs à l'aine, dues sans doute à des rhumatismes.

— Vous avez une prostate un peu grosse

— Ah bon ?

— Vous pissez bien ?

— Encore pas mal.

— Vous vous levez la nuit ?

— Quand je ne peux pas dormir, oui, parfois.

— Pour pisser, je veux dire ?

— Je n'ai pas remarqué.

— Le jet est puissant ?

— Pardon ?

— Quand vous pissez, est-ce que le jet est fort, alerte, vif, en arc, ou est-ce qu'il dégouline dès la sortie de l'urètre en filet faiblard et mince, s'interrompant pour reprendre, et ne reprenant qu'après un effort de votre part ?

— Je n'ai rien remarqué. Je pisse sans histoires. Enfin je vais m'observer, mais...

— Est-ce que vous mouillez votre culotte ?

Je le regardai bouche bée.

— Oui, la cinquantaine passée, en général, quand on croit avoir fini de pisser et qu'on rentre la verge à l'intérieur, il y a toujours quelques gouttes qui continuent à couler, parce qu'il y a amollissement du contrôle musculaire, les sphincters se durcissent, vous comprenez, et ça fait une tache jaune sur le caleçon. Et c'est la même chose derrière.

— La même...? Qu'est-ce que vous voulez dire par là, nom de Dieu?

— Les réflexes de fermeture sont un peu avachis.

— Je n'ai pas remarqué ça.

— On ne remarque pas en général, au début. Donc, vous me dites que vous avez des douleurs et des lourdeurs à l'aine?

— Parfois, oui.

— Comme des coups de poignard?

— Non. Une douleur sourde.

— Après avoir éjaculé?

— **Oui**, mais cela arrive également lorsque je suis fatigué. C'est surtout une sensation de lourdeur.

— C'est la prostate et les conduits séminaux. Pas grave, mais ça tend à devenir chronique. La mécanique s'est un peu usée. Mettez un suppositoire après chaque rapport.

— Comment, docteur, un suppositoire après chaque rapport? Vous voulez qu'après... bref, après une étreinte d'amour, je me lève et...

— Bon, alors prenez un bain de siège glacé. Ça vous soulagera.

— Écoutez, si on doit chercher un soulagement après avoir fait l'amour...

— Cher monsieur, nous sommes ici dans le domaine de l'organisme, de son fonctionnement et des limites de ce qu'on peut lui demander... La poésie ne relève pas de mon ressort. Vous n'avez pas de problèmes ? Vous arrivez à avoir des érections ?

— Ce n'est pas encore une question d' « arriver à avoir des érections », docteur. J'ai des érections, c'est tout.

— Quelle fréquence ? Vos douleurs viennent d'un abus mécanique, il n'y a aucun doute là-dessus. Vos muqueuses sont esquintées. Oui, vous comprenez, cher monsieur, tant que la quantité de sperme et de liquide prostatique est abondante, les choses se passent normalement, mais à partir d'un certain âge, on remarque la diminution de la quantité évacuée, souvent même une absence totale de sperme, avec évacuation uniquement du liquide prostatique au moment de l'éjaculation... On a tendance à jouir « à sec », comme on dit. Les conduits ne sont plus huilés, la prostate se comprime sans se vider, et il se produit une congestion chronique des tissus qui vous donne ces lourdeurs... Il ne faut pas abuser. Il faut traiter son organisme avec respect... C'est pourquoi je vous pose cette question de la fréquence des rapports...

Je commençais à enrager. J'avais une fois de plus la sensation d'être aux prises avec un cynisme froid et implacable qui n'était nullement celui du médecin mais d'une hostilité immanente et insaisissable qui jouait avec la vie, l'amour et la passion des élans généreux, un jeu haineux de mépris et de dérision. J'éprouvai un moment de désespoir, de frustration et de révolte d'une telle intensité que l'ironie, au lieu d'être une arme de défense, devenait un scalpel de plus dans mes propres mains au cours de cette petite séance d'anatomie.

— Quelle fréquence, docteur ? Ça dépend des exigences auxquelles on doit faire face... Au début d'une liaison, vous savez, on se dépense pour faire bonne impression et pour consolider, après, on vit sur l'acquis, quand ça se calme et qu'on a su s'affirmer comme il convenait, et à la fin de la liaison, lorsqu'il y a lassitude, on se force à le faire plus souvent par élégance et pour finir en beauté...

— Oui, je sais, les femmes se racontent tout entre elles.

— Ce n'est pas ce que je voulais dire. Ce n'est pas tellement le souci d'une réputation virile sur le marché... Mais c'est toujours très triste, la fin d'une liaison. Alors, on essaie de se convaincre que ça peut être encore sauvé, on s'accroche...

— Oui, on s'accroche, comme vous dites, et puis on a une attaque. A cinquante-neuf ans, vous avez intérêt à ne pas trop vous accrocher. Vous avez quelqu'un, en ce moment ? Parce qu'enfin, vos conduits séminaux et votre épididyme... c'est là, au bord des testicules...

— Aïe !

— Vous voyez ? C'est douloureux. Vos conduits et vos épididymes sont irrités... Je ne parle même pas de la prostate qui est dure comme du chien. Vous avez une liaison, en ce moment ?

— Oui.

— Méchante ?

— Comment ça ?

— Je veux dire, est-ce qu'il lui faut du temps, est-ce qu'elle se retient, pour prolonger le plaisir ? Parce que vous savez, retarder, c'est bien joli, se retenir, comme on vous le conseille dans les manuels de « savoir-faire », c'est peut-être poli, c'est peut-être noble, mais ça esquinte la prostate quelque chose de maison. Elle ne vous a pas encore fait saigner ?

— Docteur, je... Vous parlez au propre ou au figuré ?

— Au figuré, ce n'est pas de mon ressort. Je ne vous parle pas de sentiments, je vous parle prostate et vaisseaux sanguins. Quelquefois, à force de prolonger, les vaisseaux éclatent et on saigne de l'urètre. Ça vous est arrivé ?

— Non. Jamais. Parfois, en... en prolongeant trop longtemps, comme vous dites, je m'écorche la peau...

— Oui, par frottement excessif.

— C'est ça, par frottement. C'est bien douloureux. Enfin, à la guerre comme à la guerre...

Il n'était pas sensible à l'humour. C'était un défenseur de la prostate.

— Oui, eh bien, croyez-moi, cher monsieur, lorsqu'une femme vous dit : « Pas encore, pas encore » ou « Attends-moi », ne vous laissez pas faire.

— Ne pas me laisser faire ?

— Défendez-vous. Évacuez. Nos organes sont faits pour un fonctionnement normal, régulier, tel que la nature l'a voulu, et pas pour des acrobaties ou des performances... mettons, artistiques.

Laissez-vous aller, et jouissez tranquillement, un point, c'est tout. Je ne vous apprends rien lorsque je vous dis qu'il y a des castratrices qui veulent vous vider de vos forces. Les femmes ne comprennent absolument rien à la verge. Elles croient que c'est une sorte de machine-outil automatique et qu'on peut régler ça comme on veut. Vous ne verrez jamais une femme se soucier de votre prostate, la plupart ne savent même pas à quoi ça sert. A votre âge, il faut faire ça à la papa.

Je ne pus me retenir : je me levai et assenai un grand coup de poing sur son bureau.

— Vous vous foutez de ma gueule, docteur, ou quoi ? A la papa ? A la papa ? Tirer mon coup avec la femme de chambre, qui n'a pas à jouir ? Un homme a des obligations, nom de Dieu !

Il me dévisageait, une Boyard maïs entre les lèvres, la tête rentrée dans les épaules, lunettes d'écaille, un vieux hibou blanc.

— Je suis un ancien médecin militaire, monsieur. J'étais médecin de la première D.B. et de la Légion étrangère. Je connais la prostate, monsieur. Vous êtes venu me consulter parce que vous avez mal. Je vous donne mon avis médical, c'est tout. Vous en ferez ce que vous voudrez. C'est une question de santé.

— Plutôt crever.

— Vous ne crèverez pas, comme vous dites, mais si vous continuez vos excès, le combat cessera faute de combattants.

— C'est curieux cette façon que vous avez de considérer ça comme une guerre.

— Oui, eh bien, regardez dans quel état est

votre glande après, et vous me direz si c'est un combat ou non. Vous avez la malchance d'avoir une sexualité anormale pour votre âge, excessive, avec des organes qui sont, eux, normaux, et qui font les frais de votre libido. Combien de temps dure en moyenne chaque rapport avec votre partenaire actuelle ?

— Ce n'est pas une partenaire, c'est une femme que j'aime...

— Ça ne change rien du point de vue médical. Combien de temps, à peu près ?

— Dix, quinze minutes, la première fois... Je n'en sais rien. Je suis totalement incapable de vous le dire.

— La première fois ? Il y a une deuxième ?

— Pour elle seulement.

Il parut ahuri.

— Qu'est-ce que vous voulez dire ?

— Je veux dire que j'arrive parfois à bander une deuxième fois pour elle mais que je n'arrive plus à jouir.

— De la folie. De la folie pure et simple. Vous creusez votre tombe. Vous vous rendez compte de ce qu'ils prennent, votre prostate et vos vaisseaux sanguins, quand vous limez pendant une heure comme une scie mécanique ? Ce sont des méthodes nazies, monsieur. Et vous vous faites sucer, naturellement.

— Jamais. Au grand jamais. Je ne me « fais pas sucer ». Je ne donne pas d'ordre. Putain de merde, docteur, excusez cette expression, puisque vous êtes un ancien médecin militaire, je n'ai jamais dit à une femme « suce-moi ». Jamais.

— Ouais, ouais, mais quand elle le fait spontanément pour vous forcer à rebander, vous ne
refusez pas?

— Évidemment que non.

— Et vous vous rendez un peu compte à quelle
épreuve sont mis vos organes pendant l'opération,
lorsqu'ils n'en peuvent plus et qu'elle les force?
La fellation peut évidemment être utilisée comme
une caresse dans le cours normal de l'étreinte,
mais certainement pas comme une méthode de
réanimation. Quand je vous dis que vous creusez
ainsi votre tombe...

— La tombe ne me fait pas peur, au contraire,
à condition d'y arriver en pleine possession de
mes moyens.

— Et bien sûr, il vous arrive de finir comme ça,
oralement. A partir d'un certain âge, la fellation
tue deux fois plus vite que l'acte normal. C'est un
choc terrible pour le système nerveux et le
cerveau, et ses rapports avec les attaques d'hémi-
plégie sont bien connus. Vous avez des troubles
de la mémoire?

— Oui, de plus en plus souvent. Je fume trop.

— Vous fumez peut-être trop, mais vous vous
faites trop fumer aussi — je vous parle comme un
camarade ancien combattant —, et la perte du
phosphore n'est plus compensée à votre âge aussi
rapidement que chez les jeunes. Vous foutez votre
système nerveux en l'air, tout simplement. Vous
avez des tremblements convulsifs des membres
après l'acte?

— Absolument pas.

— Je vais vous faire une injection d'extrait glandulaire sous l'aisselle mais...

Je me levai.

— Je n'en veux pas. Vous m'avez déjà recommandé des bains de siège et des suppositoires après l'acte, ça me suffit comme calmant...

Il me dévisagea encore un moment sombrement, puis s'adoucit.

— Au fond, vous faites partie de la vieille génération de Français, celle qui croyait encore à la vertu de l'effort... Je vais vous donner une ordonnance, vous m'en direz des nouvelles...

Je n'ai jamais pu me résoudre à donner l'ordonnance au pharmacien, parce que j'étais connu dans le quartier.

Je m'allongeai dans l'eau chaude, les yeux fermés, souriant au souvenir du vaillant défenseur de la prostate contre les funestes desseins des hordes féminines. Peut-être le moment était-il venu maintenant pour moi aussi de « sauver l'honneur ». Combien d'hommes quittent une femme « trop exigeante » uniquement pour « sauver l'honneur », c'est-à-dire par lâcheté, parce qu'ils sont conscients de leur insuffisance et sentent venir le moment où ils vont être découverts ? Combien d'hommes « se détachent » ainsi parce qu'ils n'ont plus de quoi tenir et que l'on croit « gros consommateurs » alors qu'il leur faut la variété pour éveiller leurs petits besoins ? Le « tableau de chasse » est toujours fait d'insécurité. Ce « elle ne me fait plus bander » qui fait passer si élégamment l'infériorité sur la femme et la laisse culpabilisée, convaincue qu'elle n'est pas à la hauteur, qu'elle n'est pas assez « erotique », assez « bandante », est une phrase typique de ces maîtres de cheptel qui ne cache en réalité qu'une limace qu'ils ont le plus grand mal à faire dégorger. Et combien de fois ai-je entendu qualifier de « frigides » des femmes parce qu'elles n'ont pas un orgasme d'homme, mais chez qui la volupté est d'une qualité tout autre, « en palier », d'une continuité merveilleuse et qui ne finit qu'avec l'homme lui-même, si bien que celui-ci est souvent hors d'état de leur tenir compagnie indéfiniment tout le long du chemin? Si j'étais soucieux de ma « réputation », je quitterais Laura et, plus tard, lorsqu'elle sera bien vieille, un soir, à la chandelle, assise au coin du feu devisant et filant, elle se souviendra du temps qu'elle était belle et murmurera : « A soixante ans, c'était encore un amant magnifique... » Qu'il est donc facile, en changeant souvent de femme et en se dérobant à temps, de se faire une image de marque! Mais voilà : rien ne m'est plus indifférent que ce qui n'est pas toi, mon amour. Je veux bien finir, pourvu que ce soit dans tes bras. Je crains seulement que vienne bientôt le moment où la compréhension se mue en compassion et où la tendresse, le souci de me ménager se rapprochent si dangereusement de la pitié et de la sollicitude maternelle que nos rapports risquent de changer de nature. « Non, non, il ne faut pas, mon chéri, nous avons déjà fait l'amour il y a huit jours, ça va te fatiguer... Il faut te ménager, mon chéri... Oui, oui, bien sûr, chéri, je sais que tu peux encore une fois, et même deux, si j'insiste, tu es une force de la nature, mais après, il faudra que tu restes couché avec une compresse, tu sais ce que le médecin t'a dit... Pas avant samedi, mon amour, tu as beaucoup exagéré, la dernière fois... Tu es vraiment insatiable ! »

J'aurais dû dès le début te parler franchement. Mais je craignais de précipiter les choses en les nommant. Je savais aussi combien tout est contagieux dans les rapports du couple. Une périlleuse symétrie où l'angoisse de l'un sollicite l'insécurité et l'anxiété de l'autre : tout va alors en s'aggravant jusqu'à l'incommunicabilité finale... Et après tout, je me « défendais » encore. Il était peut-être possible de gagner un an ou deux.

IV

Je ne m'étais vraiment aperçu de l'état obsessionnel dans lequel je vivais que peu de temps
avant notre voyage à Venise, à propos d'une
remarque bien innocente de Laura. Mon avocat
allemand était venu en France avec sa jeune
femme pour une « tournée gastronomique ». A
leur retour à Paris après tous les Troisgros et
Bocuse, je les accompagnai à Orly. Laura vint
avec nous. Muller était un gros homme aux
cheveux blancs et aux cigares bienveillants ; il me
parla pendant tout le parcours des cassoulettes
aux petits mignons de Viard, du canard Trissotin
de Bagot et du capon blanc-bec dans son jus, en
échangeant avec sa femme des regards complices.
Elle nous mentionna à son tour, fière des progrès
qu'elle avait accomplis dans son éducation, une
Joconde glacée au champagne et un inoubliable
lièvre aux myrtilles. Il était évident que c'était un
couple heureux. Sur le chemin du retour, je
roulais en silence sous la pluie, cependant que
Laura écoutait un air de flûte indienne qu'elle

avait mis dans la cassette. Elle s'appuya contre mon épaule et demanda :

— Jacques, quand est-ce que tu te décideras enfin à me faire faire un tour de France gastronomique ?

Je ne sais ce qui m'avait pris et pourquoi cette question insignifiante me fit l'effet d'une insidieuse allusion. Je ralentis si brutalement que la voiture qui nous suivait faillit nous emboutir et se répandit en protestations.

Je me tournai vers Laura.

— Qu'est-ce que ça veut dire ? Tu te fous de moi ou quoi ?

Elle fut désemparée et s'écarta de moi presque avec peur, je ne lui avais encore jamais parlé si hargneusement. Elle baissa la tête.

— Je ne suis pas encore mûr pour les consolations de l'Église, lui lançai-je entre les dents. Ni pour le chaponnet à la mignonne, ni pour la fricasse du jacasse du père Viouque, ni pour la mouchette sur sa clavicule, ni pour la grand-mère farcie sauce tzigane, ni pour la bibichette à la feuille de rose, ni pour la bite du Turc aux câpres, ni pour la culotte du zouave maison, ni pour les mignardises de tonton Vercingétorix, ni... merde.

Lorsque Laura pleurait, il y avait crime contre l'humanité. Il y avait exode des populations civiles mitraillées sur les routes. Il y avait nazisme, et Hitler c'était moi. Je quittai l'autoroute par la première sortie et m'arrêtai parmi des cageots d'endives à Rungis. Je voulus la prendre dans mes bras, avec cette idée si masculine que tout serait instantanément pardonné.

— Laisse-moi! Tu es une vache de peau!

— Une peau de vache, murmurai-je.

— Tu me parles sur un ton que je veux mourir!

J'ouvris la bouche, mais c'était vraiment d'une grammaire inextricable.

— Je te rends ça, tiens...

Elle arracha la petite chaîne d'or qu'elle portait autour de son cou et me la jeta.

— Mais c'est ta mère qui te l'a donnée, Laura, ma chérie...

— Justement, tu vois comme c'est grave! Je te la rends. Je ne veux rien de toi!

— Mais c'est ta mère, quand tu étais petite fille...

Elle saisit la chaîne, baissa la vitre et jeta une poignée d'or dans une flaque d'eau.

— Oh, mon Dieu, tu vois ce que tu m'as fait?

Je courus sous l'averse chercher la chaîne et tenter de la lui faire reprendre. Elle ferma les yeux et secoua la tête.

— Non, c'est fini!

— Mais ce n'est pas moi qui...

— Je m'en fous, j'ai besoin de finir! Je veux que tu te sentes définitif et irrémédiable! Je veux rentrer au Brésil par le premier accident d'avion, morte!

Elle fit monter la vitre et colla son visage contre elle en pleurant. Je couvris la vitre de baisers. J'étais trempé. Je contournai la voiture pour me mettre au volant mais elle verrouilla la portière J'ôtai mon chapeau, mon imperméable, j'enlevai mon veston, ma chemise, ma cravate. Lorsque je commençai à ôter mon pantalon, il y eut dans son regard une nuance d'intérêt et même d'estime. Quand j'eus retiré mes souliers, mon slip et mes chaussettes et que je fus tout nu sous la pluie, elle parut favorablement impressionnée et même rassurée. Elle baissa la vitre de la Jaguar.

— Pourquoi fais-tu ça ?

— Je ne sais pas, dis-je. Je ne suis pas brésilien.

Elle eut un premier sourire. Les autres vinrent plus tard lorsque je fus dans ses bras. Elle alla chercher mes vêtements mais je refusai de les mettre. Je suis rentré nu au volant à Paris. Je voulais lui montrer que je savais encore être fou d'amour.

Je sors de l'eau et commence à rôder dans l'appartement qui se vide de plus en plus à chaque minute qui passe. Il y a quatre fauteuils, un divan dans le salon et ils ont l'air béants ; chaque bibelot est touché d'absence. Tout autour de moi est moitié. Les objets les plus familiers sont devenus des vestiges d'une vie trompeuse qui aurait peut-être réussi à faire illusion jusqu'au bout, si je ne t'avais pas connue. Sans toi, Laura, je ne me serais même pas aperçu que je n'étais pas là. On dit tant de bêtises sur la naissance ! Il ne suffit pas de venir au monde pour être né. « Vivre », ce n'est ni respirer, ni souffrir, ni même être heureux, vivre est un secret que l'on ne peut découvrir qu'à deux. Le bonheur est un travail d'équipe. Je laisse passer les secondes et les minutes et cette lente caravane est chargée de sel de bonheur, car elle va vers toi.

Je prends le téléphone qui sonne et j'entends ta voix un peu anxieuse :

— Allô ! allô !... oui ?

— Laura...

— Tu m'as fait peur, je croyais que ce n'était pas toi...

— Chaque fois que tu n'es pas là, j'ai l'impression d'être ailleurs.

— Jacques, qu'est-ce qu'on va devenir, mais qu'est-ce qu'on va devenir ? Ce n'est pas... enfin, ce n'est pas humain, le bonheur... On se sent menacés...

— Ça s'arrangera peut-être...

— Comment veux-tu que le bonheur, ça s'arrange ?

Ta voix se casse. Je crois que tu pleurais...

— J'ai peur, Jacques. Je suis tellement heureuse avec toi que... je ne sais pas... je me sens tout le temps menacée...

— Écoute, la vie ne va pas se fâcher parce que tu es heureuse. On peut dire tout ce qu'on veut de la vie mais une chose est certaine : elle s'en fout. Elle n'a jamais su distinguer le bonheur du malheur. Elle ne regarde pas à ses pieds.

— Tu as lu ma lettre ?

— Quelle lettre ?

— Je t'ai écrit une lettre de rupture avant notre départ pour Venise...

— Attends...

J'allai fouiller dans la pile de correspondance sur mon bureau. *Jacques, tout est fini entre nous. Je ne te reverrai plus jamais. Quand tu liras ces mots, je serai morte. Pardonne-moi. Je ne peux pas vivre sans toi.*

Je courus au téléphone.

— J'ai lu ta lettre. C'était bon?

— Formidable. J'ai pleuré, tu ne peux pas savoir. C'est tellement merveilleux de croire que l'on joue à se faire peur, comme s'il n'y avait pas de vraie menace... J'adore le soulagement.

— Exorcisme?

— Oui. C'est très brésilien.

— Oui, seulement, moi, chaque fois, c'est la panique. Un beau jour, ce sera vrai et je n'y croirai pas. Pourquoi fais-tu ça, Laura?

— Sérieusement?

— Oui, sérieusement.

— C'est vraiment par superstition, comme on touche du bois. Tu sais, je ne plaisantais pas du tout, quand je te disais que j'ai tout le temps peur. Le bonheur est toujours un peu coupable...

— Éducation religieuse.

— Peut-être. Je ne sais pas. Ou alors, il y a vraiment quelque chose qui nous menace et j'ai des pressentiments...

Je me taisais.

— D'ailleurs, tout le monde sait que le bonheur, c'est de la propagande communiste.

— J'arrive.

Je m'habillai. Mes mains tremblaient. Est-ce qu'elle comprenait, savait, mais voulait m'épargner et évitait d'en parler? Non, ce n'était pas possible. Je m'en serais aperçu. Et d'ailleurs, de quoi aurait-elle pu s'apercevoir, bon Dieu? Je réussissais chaque fois. Je m'en tirais très convenablement. Je ne donnais pas une impression de... de peiner. Pas même d'effort. J'y veillais très attentivement. Le style y était. Je m'efforçais de donner une impression d'aisance. Et ce cri qui venait si souvent sur ses lèvres, au dernier moment, quand c'était gagné, avant la plainte, ce cri qui me parle si bien de moi-même et me donne de si belles plumes, ce « oh toi ! toi ! toi ! » qui est pour moi comme une fin de l'exil et un retour au pays natal, ne laisse pas de place au doute et à l'appréhension.

Je marchai jusqu'au Plaza et grimpai les étages. Elle m'ouvrit la porte, vêtue de transparence, tenant encore dans ses bras un de ces bouquets de fleurs qui partent toujours à la recherche d'un cœur et ne trouvent qu'un vase. Je n'étais pas curieux de ces prétendants dont je ne connaissais l'existence que par une perpétuelle odeur de roses.

Ses yeux sont étroits, en « feuilles d'Asie », comme on les appelle au Brésil, les cheveux ramenés en arrière en chignon entourent le front de leurs soins ténébreux, et le dessin des lèvres a une douceur, une vulnérabilité qui me fait toujours hésiter entre le baiser et le regard. On a dit de nous, je le sais : « Je ne vois pas ce qu'elle lui trouve, ce qu'il lui trouve » : voilà qui prouve que deux êtres se sont vraiment trouvés. Lorsqu'elle met ainsi sa tête sur mon épaule, qu'il est donc curieux de découvrir que mon épaule n'avait encore jamais été chez elle ! Le cou a une facilité dans la grâce que la littérature a banalisée avec l'aide des cygnes. La minceur de la taille affole mes mains que vient combler aussitôt la plénitude des hanches, et lorsque la chevelure dénouée se joint à la tête, mes lèvres perdent leur souffle à force de courir. Je pense aux statues des couples taillées dans la pierre qui se sont effritées et érodées au cours des âges et à cette nostalgie de durée infinie qui va s'échouer dans la pierre, car seuls les instants ont du génie.

Tu griffonnes quelques mots et me tends la feuille. « *Il y a quelque part dans la nuit une ville et Dieu sait quoi, c'est difficile à imaginer...* »

Reste ainsi. Ne bouge pas. Que ce soit pour toujours. Donne-moi ton souffle. De petites éternités égrènent leur infini sous mon poignet et pour une fois elles ne parlent pas du temps qui passe mais de celui qui s'est arrêté au bonheur. Il y a, bien sûr, un monde extérieur, un monde où l'on meurt et où l'on a faim, mais c'est seulement là une connaissance que nous dictent nos principes humanitaires. J'écoute la voix du Récitant qui murmure dans ma poitrine, et mes feux éteints sont doux comme la soif apaisée. Je reçus autrefois une lettre d'un navigateur solitaire, qu'il m'avait écrite des latitudes lointaines, où il me parlait longuement des tranquillités d'au-delà que connaissent, disait-il, ceux qui sont seuls à bord au milieu des océans — et mes bras se resserrent autour de toi avec encore plus de gratitude. Ce n'est vraiment pas la peine de se donner un autre voilier et d'aller si loin en mer. Je respire à peine pour mieux goûter le souffle des lèvres qui dorment sur les miennes. J'éteins, la nuit dresse autour de nous sa tente. Tu ne bouges jamais dans ton sommeil et tu as déjà, sur mon corps, tes habitudes : si je fais un mouvement qui te prive de gîte, tu murmures et, en quelques baisers, remets le monde en place. Laura...

Je sens les larmes dans mes yeux mais c'est seulement parce que je pense à mon vieux chien Rex qui a remué la queue à ma vue avant de mourir.

V

Le regard neuf de l'enfant sauve même les trottoirs de l'usure. Je retrouvais en compagnie de Laura quelques-unes des joies que mon fils m'avait données lorsqu'il était petit. Nous allions faire un tour en barque au bois, grimper sur la Tour Eiffel, faire les badauds à la Foire du Trône, et Paris était pour la première fois. Je l'emmenais dans les restaurants dont j'avais été depuis longtemps écœuré par les déjeuners d'affaires : je découvrais avec stupeur qu'on y était heureux. Lorsque j'entrais, suivant Laura, je voyais se poser sur mon visage, que les coups durs de la Résistance et un hasard des traits et des ossatures avaient façonné de telle façon qu'il ne lui manquait qu'un képi de légionnaire, des regards qui paraissaient soupeser ce qu'il y avait de vrai là-dedans. Je savais que je passais encore assez bien cet examen de crédibilité que l'on fait subir dans les restaurants chics aux hommes d'un certain âge qui accompagnent une très jeune femme. J'entendais presque les murmures : « Mais au fait, quel âge a donc Jacques Rainier ? Difficile à dire... Il a un fils qui a déjà passé la trentaine... Et il a été avec Chaban dans le maquis... Ne boit jamais... Il doit faire très attention. » Je ne faisais pas attention. J'ai un visage plat et couturé, des cheveux blonds coupés en brosse qui grisonnent fort et des mâchoires solides : j'ai un squelette bien foutu. Je porte des vêtements vieux de vingt ans que j'entretiens avec un soin jaloux : j'ai horreur de changer. Les apparences finissent par être convaincantes et mon image de marque demeurait à peu près intacte depuis dix ans. Je m'y étais fait et je m'y étais fié.

Elle émergeait des draps et des oreillers comme d'une bataille de cygnes et tendait la main à la recherche d'une branche pour regagner le rivage. Au moment de la plainte, elle cachait son visage comme si elle avait honte et empêchait son cri de monter au ciel en se mordant la main. Je lui dis que j'étais peiné par ce manque de charité pour les cieux.

— J'ai été élevée au couvent par les bonnes sœurs, m'expliqua-t-elle, et je fus surpris d'apprendre que les religieuses brésiliennes faisaient un tel vœu de silence.

— Ma mère m'a appelée ce soir de Rio et je lui ai parlé de toi. Elle sait tout.

— Il faut toujours tout dire à sa mère quand elle est à l'autre bout du monde. Comment a-t-elle pris ça ?

— Très bien. Elle m'a dit que si j'étais heureuse, ça n'avait pas d'importance.

— Je n'arrive pas à me faire aux tournures de

phrases brésiliennes... Ça n'a pas d'importance, d'être heureux ?

Son regard erre sur mon visage et lui donne un peu de sa gaieté.

— N'aie pas peur, Jacques...

Je lève vivement la tête.

— Pourquoi dis-tu ça ? Peur de quoi ?

— De moi. Tu n'as pas l'habitude d'être aimé comme un raz de marée et je sais que tu tiens à ta liberté...

— Ne dis pas de bêtises. Ma liberté, avec toi, je n'ai rien à en foutre. Rien. Prends-la, tiens. Je te la donne. Fais-en des rideaux. Il n'y a pas de liberté, Laura. Biologiquement, on est tous des opprimés. La nature, cette nature que l'on défend tant, exige de nous la soumission. Il faut sauver les océans, il paraît, l'air et les arbres, mais l'homme vit dans un état d'oppression et de spoliation permanent... J'aimerais mourir avant, tiens.

— Avant quoi ?

Je me ressaisis. Je m'assieds sur le lit, prends ta main et la tiens longuement, la paume contre ma joue, les yeux fermés. Tu as des mains enfantines. Peut-être aurais-je dû avoir une fille.

— Mourir avant quoi ?

— Avant que tous les océans deviennent pollués, ma chérie, et que la vie perde ses très belles plumes. Avant que toutes les roses ne deviennent grises.

— Ça peut être très beau, une rose grise.

... Si j'avais eu une fille je m'en serais peut-être tiré.

— Laura...

Elle me prend dans ses bras. La nuit semble soudain différente, comme s'il existait une autre nuit, celle qui vient calmer les cœurs trop jeunes dans les corps trop vieux. Je ferme les yeux pour que tu puisses poser tes doigts sur mes paupières. Je sens des larmes dans ma gorge, car il y a une limite au déclin glandulaire. Laura, il y a quarante-cinq ans que je rêve d'épouser mon premier amour. Une église de campagne, M. le Maire, mesdames, messieurs, la bague au doigt, un « oui » tout vierge : mon Dieu, que j'ai donc besoin de me refaire ! Je serai maladroit, je te promets, ce sera la première fois, quelque part en Bretagne, pour qu'il pleuve et qu'on n'ait pas à sortir, et partout le printemps, le printemps qui te va si bien, cette patrie perdue dont murmurent entre elles les nuits d'automne. Je lutte contre le sommeil, car je suis dans cet état de demi-veille où la sensibilité s'atténue et où l'on peut presque être heureux.

Je ne sais si j'ai dormi. La douleur monte lentement, sourdement et finit en coup de rapière. Les bras de Laura sont toujours autour de moi et ses lèvres respirent au bord des miennes. Je me dégage doucement et elle murmure mon nom comme si j'étais encore cet homme. Le tricheur se lève dans la nuit pour aller maquiller ses cartes. Je remplis le bidet et prends un bain de siège glacé. Trillac avait raison : ça soulage. Il n'y a rien de plus mauvais pour la prostate et les conduits séminaux que l'érection prolongée sans éjaculation et sans vidange des glandes. La congestion des vaisseaux est terrible. Je n'arrive presque jamais à éjaculer la deuxième fois, et souvent pas même la première. Par contre, je dure presque indéfiniment : l'amant idéal, en somme. « Oh toi, toi ! toi ! » Prenez un vigoureux sexagénaire qui ne peut plus conclure et vous êtes sûre qu'il vous donnera satisfaction. « Ce Jacques Rainier... Il paraît que c'est encore un grand baiseur... » Je demeure assis sur le bidet glacé un bon moment, renouvelant l'eau. Les coups de rapière sous les couilles s'atténuent et cessent. Mais il reste une lourdeur de pierre entre l'anus et le bas de la verge. Je n'ai pas regardé ma montre mais Laura s'attardait et ça a dû bien durer vingt minutes. Si seulement j'étais arrivé à décharger, ça décongestionne. Je presse le bout de l'urètre : pas trace de sang. Mais la peau de la verge est pas mal irritée par le frottement. Voilà que ça recommence. Ça fait un mal de chien, quelque part au fond de l'anus et vers l'aine, du côté gauche, ma mécanique a pris un sacré coup. Il y a moins de sécrétion qu'autrefois, la quantité de liquide prostatique a diminué, ce n'est plus assez huilé, ça travaille à sec. J'ai eu tort de jeter l'ordonnance que Trillac m'avait donnée. Demain matin, je vais téléphoner à mon valet de chambre pour qu'il la ramasse dans la corbeille et qu'il la porte au pharmacien. J'ai besoin de tous mes moyens.

Je me lève, je m'essuie et puis je crois que j'ai eu une espèce de rire.

VI

— Je voulais te consulter...

Et j'ai souri. Je dois avoir quelque part, dans un coin bien abrité de mon psychisme, une bonne petite affaire qui marche rondement : une fabrique de sourires ironiques qu'il suffit d'approvisionner en désarroi ou en anxiété, en sentiments d'échecs et en faiblesses pour qu'elle produise un article fini d'excellente qualité. Un jour, mon valet de chambre, Maurice, qui ne pardonne rien à la poussière, soulèvera délicatement mon sourire, lui donnera quelques coups·de plumeau et le déposera sur l'étagère de la salle de bains parmi mes autres articles d'hygiène.

Laura est assise près de la fenêtre, en peignoir bleu, les jambes nues sur le bras du fauteuil, en train de relire *Cent ans de solitude,* de Garcia Marquez. Elle lève vers moi un regard triste :

— Maintenant je sais comment sont nés tous les grands mythes populaires. Ils sont nés de l'absence de vie et de la misère. Leurs auteurs n'avaient aucun pouvoir, alors, ils remuaient ciel et terre. Ils se réfugiaient dans l'imagination, parce qu'ils n'avaient rien d'autre.. Tu as parlé à ton fils ?

— Oui. Nous avons déjeuné hier ..

Jean-Pierre regardait son daïquiri. Manchettes éblouissantes, blazer bleu, cravate de Lanvin. Il a trente-deux ans, mais il y a longtemps déjà qu'il a commencé à être impeccable : dès son entrée à l'E.N.A. Avec ses lunettes d'écaille, ses cheveux soigneusement collés et son visage aux traits acérés mais dont l'expression de neutralité cache admirablement les lames, il a une présence agréable dont je le soupçonne fortement de mesurer les dosages et l'impact selon les interlocuteurs et les résultats à obtenir. Je crois que c'est un futur Premier ministre, pour peu que ça dure... Il a un flair psychologique assez effrayant, une rapidité de jugement qui ne néglige jamais les facteurs personnels. « J'ai signé avec vous », m'avait dit un jour Bonnet, qui m'avait pourtant mené la vie dure, « parce que j'aime travailler avec votre fils. Il n'est pas de ces énarques qui croient qu'ils n'ont rien à apprendre et veulent brûler les étapes. » Il n'avait pas compris que c'était justement la façon de Jean-Pierre de brûler les étapes. Il savait jouer habilement d'une certaine séduction souvent exercée sur les hommes âgés par des hommes jeunes et qui vient d'une recherche inconsciente d'un « substitut », de celui que l'on choisirait, vers la soixantaine, comme une image de soi-même, si c'était à recommencer et si on pouvait « redevenir ». Je lis parfois dans le regard des vieux chefs d'entreprise, au cours d'une discussion, une expression un peu rêveuse, à la fois légèrement hostile et amicale, lorsqu'ils écoutent un interlocuteur de trente ans plus jeune et qui semble fait pour jouir de la vie : ils voudraient se réinvestir. Ce sont d'étranges moments où la sympathie se mêle à l'antagonisme et à la rancune et, selon les hasards d'obscures contorsions psychiques, cela peut mener aussi bien à aider un jeune qu'à l'écraser. Je reconnaissais d'autant plus facilement cet art de présentation et de séduction chez Jean-Pierre que j'avais travaillé de 1950 à 1955 dans une grande agence de publicité à New York, au moment où les techniques de vente se désintéressaient encore totalement de la qualité du produit et misaient avant tout sur la présentation pour séduire le client. La qualité de la marchandise n'avait commencé à entrer vraiment en ligne de compte que vers 1963, après la croisade solitaire et victorieuse de Ralph Nader contre la General Motors et avec l'apparition des premières ligues de défense des consommateurs. Dans un tel contexte d'art de séduire et de plaire, la plus grande valeur d'investissement était devenue la jeunesse et l'apparence physique ; les valeurs traditionnelles de durée, de maturité, de solidité et de fiabilité se perdaient de plus en plus. Il en était résulté d'abord aux États-Unis, et avec les dix ans de retard habituels en Europe, chez les hommes et les femmes qui vieillissaient, un sentiment de dépréciation et de déperdition, de dévalorisation par perte de qualité et de valeur...

Le regard de Laura va vers moi par-dessus le livre.

— Tu penses beaucoup à ton fils, Jacques ?

— De plus en plus. La grande illusion : être continué. Ne pas finir...

Le visage de Jean-Pierre ressemble un peu à celui de la femme que j'avais épousée il y a trente et un ans et quittée il y a quinze, et il est assez douloureux de se trouver confronté, lorsqu'on est en face de son fils, avec le regard des choses brisées. Il m'a toujours témoigné une extrême considération mais il y a entre nous une barrière assez difficile à définir : je crois que ce que nous avons en commun, ce en quoi nous nous ressemblons et sommes vraiment père et fils, ne nous plaît guère ni à l'un ni à l'autre, et pour peu que l'on s'engageât tous les deux dans une intimité trop franche, il y aurait soudain des aveux, des nudités et des âpretés, traces d'une vieille souche paysanne exploitée d'abord par le château et ensuite par le fermage que chacun de nous préfère ne pas regarder de trop près. Ce qui était chez nos ancêtres le souci des semailles et des moissons était devenu chez nous celui d'investissements et de revenus. J'avais espéré secrètement que Jean-Pierre aurait une vocation artistique, mais il est trop facile de chercher à se refaire sur le dos de son fils. Il sourit rarement, peut-être parce qu'il m'a beaucoup observé et non sans sympathie. Il est plus « passager » et rapide avec les femmes que je ne l'ai été : c'est une société d'abondance. Je sais qu'il avait eu deux passions profondes : pour une Italienne — « je ne l'avais pas épousée à cause de toi », m'avait-il dit, une remarque qui parut tout à fait mystérieuse à sa mère, lorsque je la lui eus répétée. Il entendait pourtant par là, me

semble-t-il, que l'on fait moins de mal en abandonnant une femme de vingt ans après une brève
liaison qu'une femme de quarante ans après vingt
ans de vie commune. Il avait été très intéressé, me
disait-on, par la fille unique d'un des plus gros
industriels du Nord, mais avait choisi de renoncer
à la facilité. Je ne fus pas étonné lorsqu'il refusa
l'offre d'entrer dans un cabinet ministériel, après
les élections de 1974, car il évitait de se mêler de
politique française, comme s'il y avait en lui une
ambition secrète de changer le monde. Ce n'était
sans doute que mon propre rêve de jeunesse que
je lui prêtais. « Changer le monde... » Il faut,
pour nourrir une aspiration aussi vaste, beaucoup
d'humilité dans les rapports avec soi-même, car,
dans la mesure où il est authentique, ce genre
d'ambition demande d'abord le renoncement...

— Comment va Laura ?

— Très bien. Elle t'envoie ses amitiés... C'était
la première fois qu'elle voyait Venise, alors, tu
t'imagines...

Le maître d'hôtel se tenait à côté de nous avec
l'air à la fois discret et insistant du professionnel
qui regrette d'avoir à interrompre votre conversation et vous informe qu'il n'a pas de temps à
perdre. Je mis mes lunettes et admirai la carte.
Les asperges étaient à quatre mille francs et le
melon au porto à trois mille. Je dis au maître
d'hôtel :

— Laissez-moi le temps de m'habituer aux
prix.

Il s'inclina, s'écarta dans un rond de jambe. Je

jetai un regard autour de nous : rien que des notes de frais...

— Je m'excuse de t'avoir fait venir ici, Jean-Pierre, j'ai l'air de chercher à te rouler...

— Figure-toi que je viens parfois ici tout seul et déjeune en tête à tête avec moi-même...

— Pourquoi diable ?

— Pour m'aguerrir. Il faut de l'entraînement. Je n'ai pas de dispositions naturelles pour ce genre d'endroit et je me perfectionne. Il faut que je me sente à l'aise sur le terrain pour traiter avec nos clients...

Mon fils jouait à ne pas être dupe du jeu social : ce qui, très exactement, fait partie du jeu social. Je m'y connaissais : se donner l'air de prendre ses distances vis-à-vis de ce qu'on est et de ce qu'on fait facilite beaucoup les rapports avec ce qu'on est et avec ce qu'on fait.

— Donc, Jean-Pierre, c'est à peu près décidé.

— Kleindienst ?

— C'est une offre valable.

— ... C'est *la seule* offre, tu veux dire...

Il tenait délicatement le pied du verre entre ses doigts et remuait le vin. Des doigts fins et longs, faits pour le froufrou des dossiers et les cristaux des tables bien mises. J'avais encore mes mains d'autrefois, mal dégrossies, lourdes et noueuses, celles de la hache et des charrues.

— J'ai bien réfléchi. Il ne s'agit nullement, comme mon frère le croit — il a dû t'en parler —, de considérations personnelles... de ma vie privée ou, si tu préfères, de ma vie tout court. Bien sûr,

j'ai envie de consacrer plus de temps au...
bonheur.

— Qui t'en blâmerait ?

— Mais je vois notre situation telle qu'elle est :
sans issue. Fourcade joue à fond sur les gros : la
concentration, les géants, pour faire face à la
compétition, à la concurrence à l'échelle plané-
taire. Il prépare ainsi, qu'il le veuille ou non, les
nationalisations : quand les puissants le seront
trop, le puritanisme exigera la dépossession. Tu
sais, lorsqu'un Américain roule en Cadillac et
qu'un autre Américain le voit, il se dit : « Un
jour, je roulerai moi aussi en Cadillac. » Mais un
Français, quand il se fait narguer par une grosse
bagnole, il râle : « Ce salaud-là, il ne peut pas
rouler en deux-chevaux, comme tout le monde ? »
On a augmenté notre chiffre d'affaires de vingt
pour cent par an, depuis cinq ans, mais cela a
exigé des investissements d'équipement, qui nous
ont entièrement livrés aux banques... Tu sais tout
ça mieux que moi. Je suis trop petit. Je ne peux
pas menacer le gouvernement de trente mille
chômeurs... C'est foutu. Bien sûr, on pourrait
gagner du temps, faire semblant, durer... quoi, un
an, dix-huit mois. Je préfère quitter l'arène avant
d'être abattu et traîné dehors. Il faut savoir
accepter l'inévitable...

Je me lève, vais ouvrir la fenêtre au mois de mai
et reviens me pencher sur le cou de Laura. Je ne
vois d'elle que le flot de la chevelure ; je ferme les
yeux et me perds dans ce printemps qui accueille
mes lèvres.

— Hé oui, mon vieux. Je songe souvent à une

phrase de Valéry : « Le temps du monde fini commence... »

Jean-Pierre regarde obstinément le fond de son verre. A une table voisine, je reconnais Sentier, de la C.E.K.A., et Miriac, que je croyais disparu avec l'I.O.S. de Cornfeld.

— Ce n'est pas une crise comme une autre. Toutes nos structures sont usées. Ce n'est même pas l'économie : nous sommes en retard d'une technologie. L'économie tombe en panne parce qu'elle demeure attelée à une technologie que la rapidité même de son développement a rendue anachronique. Le monde meurt de l'envie de naître. Notre société s'est épuisée à réaliser les rêves du passé. Quand les Américains sont allés sur la lune, on a gueulé que c'est une nouvelle époque qui commence. Mais non : c'était une époque qui finissait. On a œuvré à réaliser Jules Verne : le dix-neuvième siècle... Le vingtième siècle n'a pas préparé le vingt et unième : il s'est épuisé à satisfaire le dix-neuvième. Le pétrole comme *sine qua non* d'une civilisation : tu te rends compte ? Toutes nos sources d'énergie sont chez les autres... C'est l'épuisement...

Laura bouge un peu et je cherche à saisir son profil qui se noie de chevelure. Ses bras se referment autour de mes épaules. J'aime cette tendresse tranquille et immobile dans le bonheur des moments arrêtés qu'aucun geste ne menace. Ce sont mes instants les plus sereins, les plus sûrs...

— Et quand je te parle d'une civilisation

épuisée, je ne parle pas seulement de l'énergie matérielle...

Je me heurte sur le visage de Jean-Pierre à une expression que je connais bien : les yeux baissés il s'efforce de ne pas m'observer. Je souris.

— Allons, dis-le.

— Oh, rien. Rien du tout.

— Tu me crois à ce point susceptible?

— Bon, puisque moi aussi j'ai droit à l'humour... La fin du monde va provoquer une chute à la Bourse, c'est certain. En cas d'Apocalypse, achetez de l'or... Excuse-moi, mais lorsqu'un homme décide que notre société et même toute notre civilisation sont foutues et que la seule conclusion qu'il en tire est de vendre ses actions.. C'est assez marrant.

— Merci. Et qu'est-ce que tu veux que je fasse? Que je me reconvertisse? A quoi? Une nouvelle source d'énergie? La révolution maoïste? Ou Notre-Père-qui-êtes-aux-cieux? Tous nos « progrès », en ce moment, en politique ou ailleurs, c'est des histoires de pièces de rechange... Des trucs de sex-shop...

Je n'y étais jamais entré à Paris — ce côté latin qui craint de se reconnaître vaincu, un « ci-devant » dans le regard de la vendeuse, mais au cours de mon dernier voyage à New York, j'y suis allé, par curiosité. Les Américains ne peuvent supporter l'idée d'un problème sans solution. Ils sont moins que tout autre peuple capables de coexister pacifiquement avec ce qu'il y a d'insoluble autour d'eux et en eux-mêmes. La « condition humaine », au sens de l'irrémédiable et de l'échec, les précipite chez les psychiatres ou dans une course effrénée vers des substituts de puissance, argent et records du monde. Le plus grand danger pour le monde serait l'impuissance américaine. Le godemiché a existé de tout temps, mais chez eux, il est devenu nucléaire. Ils entrent dans les sex-shops comme chez le plombier et avec la dignité d'un homme en état de légitime défense. Les Américains n'ont pas encore l'habitude d'être vaincus. Ils refusent de baisser la tête devant les limites. Il y avait à l'intérieur du magasin des hommes de tous âges, quelques-uns très jeunes : l'éjaculation prématurée. Tout un rayon de pommades anesthésiantes, qui permettent de retarder la fin. Les godemichés occupaient un mur entier : couleur chair, noirs et mêmes rouges et verts. Il y avait là des articles courants et des articles de luxe, selon les moyens de chacun et le niveau de vie. Quelques-uns avaient des harnais : on allait les essayer dans les cabines. La vendeuse expliquait à un client préoccupé que certains harnais pouvaient être portés toute la journée sans fatigue. Ils figuraient dans une rangée « *always ready* », « toujours prêt ». La vendeuse tenait un godemiché à la main et en vantait la souplesse. Ce modèle, expliquait-elle, était à la fois très consistant et très doux. On appuyait sur un bouton pour éjaculer et il était possible de le remplir d'une imitation de sperme qui était également en vente. Ce liquide se réchauffait électriquement à l'aide d'une petite batterie. Il y avait aussi un grand choix de testicules. Les vibrateurs pour dames occupaient un autre rayon. Le client que j'observais tâtait et examinait le godemiché comme pour s'assurer qu'il était conforme à ses souvenirs. Je me disais qu'après tout même les guerriers légendaires de l'Iliade n'étaient pas nés l'épée au flanc et que, pour leurs exploits, ils avaient dû s'équiper...

— Il faudrait nous renouveler complètement, retrouver nos sources, faire vraiment peau neuve... Tu regardes autour de toi et tu vois que ce n'est plus vrai... des artifices, que ce n'est encore là qu'à l'extérieur... Des soins de beauté, tout l'art de l'emballage et des embaumeurs, mais à l'intérieur, c'est la peur des lendemains, l'épuisement, les palliatifs et la recherche de substituts... Ah, je te jure, je ne voudrais pas avoir vingt ans aujourd'hui...

Je me souviens d'avoir été pris d'une telle stupeur devant cet aveu que l'étonnement que j'en éprouvais m'avait coupé la parole. Je me réfugiai dans le rire.

— Bref, comme tu l'as très bien compris, fiston, je ne monte plus les escaliers aussi vite qu'avant, j'ai des problèmes de souffle au tennis et... tout le reste à l'avenant.

Jean-Pierre faisait tournoyer le reste du daïquiri dans son verre.

— Je t'embête, je sais.

— Pas du tout.

— Mais pour un homme comme moi qui a pris l'habitude de chercher une solution pratique à tous ses problèmes...

Je me tournai hargneusement vers le maître d'hôtel qui écoutait :

— Peut-être avez-vous une suggestion à me faire ?

Il pencha la tête, confidentiel :

— Si vous aimez le poisson, les coquilles Saint-Jacques à l'Estramadour ou le turbot Boniface aux olives...

— Donnez-moi une omelette.

— Deux, dit Jean-Pierre. Je comprends parfaitement les raisons qui te poussent à accepter l'offre de Kleindienst mais je comprends beaucoup moins ce qui le pousse à te la faire... C'est un géant. Je ne vois pas ce qui l'intéresse en nous.

— Il ne peut plus s'arrêter de bouffer, probablement. Regarde Paribas. Ce sont des organismes qui ont une fringale illimitée de protéines. Il aura une implantation en France et puis il va s'étendre. Ces puissances-là, quand elles ne peuvent plus bouffer droit devant elles, elles bouffent en crabe. La diversification...

J'avais rencontré Kleindienst trois semaines auparavant. Il m'avait demandé de venir le voir à Francfort, mais j'avais refusé : cela ressemblait trop à une convocation. Nous convînmes d'un rendez-vous en terrain neutre, au Baur-au-Lac à Zurich. Il était venu avec deux avocats, un secrétaire et un expert-comptable qui me donna l'impression de savoir combien je payais mon tailleur. Kleindienst était un homme de cette distinction et de cette rectitude méticuleuse à l'allemande dont on ne sait jamais vraiment si elles traduisent une solidité psychique à toute épreuve ou si elles servent surtout à dissimuler un chaos intérieur. Il y avait deux bons centimètres de cendre en équilibre au bout de son cigare et, pendant tout notre entretien, il me parut consacrer son attention à l'empêcher de tomber. Quelques minutes de conversation anodine pour se réchauffer les muscles. Je crus remarquer que mon acheteur me regardait parfois curieusement et avec une sympathie un peu méditative.

— Je crois que nous nous sommes déjà rencontrés...

— Ah? J'avoue que...

— Vous avez pris part à la bataille de Paris? Il ne disait pas « libération », mais « bataille ».

Nous parlions anglais.

— J'ai vu ça dans votre dossier...

In your file...

— En effet.

Il parut amusé, derrière ses lunettes.

— J'étais à l'état-major du général von Choltitz, au moment de sa reddition...

— Je me trouvais là, moi aussi. Avec les généraux Rol-Tanguy, Chaban-Delmas et quelques autres...

— C'est ce que je pensais. Je ne puis dire que je vous reconnais, bien sûr. Tant d'années se sont écoulées et il y a eu tant de changements...

— Nous nous sommes manqués, dis-je.

Il y eut un éclat de rire général et nous passâmes aux choses sérieuses. Il s'agissait de régler verbalement un aspect de l'opération pour éviter d'avoir à demander l'accord du ministère des Finances. Il y avait aussi des considérations fiscales majeures. Les Allemands m'achetaient officiellement vingt-quatre pour cent de mon holding et vingt-quatre pour cent de chacune des trois sociétés filiales. Ils assumaient mon assurance sur la vie, souscrite conjointement par les trois sociétés. Soixante-quinze pour cent du prix d'achat réel allaient être réglés discrètement sous forme d'actions au porteur cotées en Bourse en Allemagne et remises à ma fiduciaire suisse. C'était une opération courante. Les Allemands s'épargnaient ainsi 17,5 pour cent d'impôts français et j'évitais presque entièrement la saignée du fisc. Je recevais également huit mille actions de la S.O.P.A.R. de Kleindienst.

Il surveillait attentivement la cendre au bout de son cigare.

— Il y a un point très important, monsieur Rainier. C'est surtout pour cela que j'ai tenu à vous rencontrer personnellement. Je souhaite vivement que vous restiez à la tête de l'affaire en France, en tant que directeur...

Il me proposait de devenir son salarié.

Je cherchai son regard. Rien que de la gravité et une certaine bienveillance. Pas trace d'ironie. L'un de nous avait trop bonne mémoire...

— Je crains que cela ne soit pas possible.

— Cela m'ennuie beaucoup, monsieur Rainier. Beaucoup. Nous avons remarqué que les hommes d'affaires allemands se heurtaient à certaines... réticences, lorsqu'ils prenaient la tête d'une société... multinationale en France.

— Vous m'étonnez. Je pensais que nous n'en étions plus là.

— C'est un fait.

— Je suis extrêmement sensible à votre propo-

sition, mais il m'est impossible de l'accepter...
pour toutes sortes de raisons.

— Je me permets d'insister, monsieur Rainier.
Je ne vous cacherai pas que la possibilité de vous
garder avec nous est un des facteurs importants
de l'offre que nous vous faisons...

— Je regrette, mais ce n'est pas possible.

— Réfléchissez...

Je baissais la tête, les yeux clos dans la
pénombre. La fatigue et l'insomnie aiguisaient et
brouillaient les souvenirs... Kleindienst me regardait avec une bonhomie amicale, les tanks de
Leclerc passaient sous mes paupières avec leurs
fantômes de victoire, le visage de mon fils était
attentif et un peu distant... Il y eut à côté une
flambée soudaine de crêpes Suzette...

Le sommelier devenait menaçant.

— De l'Évian, lui lançai-je, et il s'éloigna avec
l'air de dire « pauvre France ! »

— ... Un jour, Jean-Pierre, il y aura des
établissements d'euthanasie de luxe, avec une
variété extraordinaire de façons de mourir de
plaisir, et ils auront les mêmes gueules qu'ici.
Qu'est-ce que je disais ?

— « ... et l'habitude de chercher une solution
pratique à tous mes problèmes... »

Je sens les bras de Laura autour de mon cou.

— Viens dormir. Tu t'épuises à penser à tout
cela...

— L'angoisse vespérale...

— Comment, vespérale ? Il est quatre heures
du matin...

— Laura...

Mais je n'allais pas plus loin. Peut-être étais-je trop ancré dans le passé : celui où les hommes n'ont jamais été capables de fraternité avec les femmes...

— Les affaires... Je ne peux plus tenir. J'ai le choix de passer la main à un Allemand ou peut-être à un Américain. C'est, comme tu vois, une situation typiquement française. Même pour un vieil animal, c'est dur d'avoir à s'incliner, de céder son territoire à un autre. Très... dévirilisant.

— Et moi ? Je fais seulement partie de ton territoire ?

— Non. Toi, tu es mon avenir.

VII

Je descendis à huit heures et m'attardai dans le restaurant un journal à la main. A huit heures et demie, pendant que je suivais les exploits du XV de France, dont j'avais été un des piliers trente-cinq ans plus tôt, une silhouette familière apparut dans le hall et mon frère traversa la salle d'un pas décidé. Gérard fonçait sur moi le chapeau à la main et avec son air habituel de savoir exacte-ment ce qu'il voulait et quelles mesures il fallait prendre pour y parvenir qui avait survécu à trente ans d'erreurs de jugement, velléités et échecs. Il était l'aîné de mes deux frères — le cadet, Antoine, avait été fusillé à dix-neuf ans au mont Valérien — et donnait une impression d'énergie et de résolution qui m'était assez utile dans les réunions d'affaires, tant qu'il se taisait. C'était un de ces Français que l'on voit toujours seuls au volant de leur Citroën, le chapeau sur la tête. Bâti en force, trapu, large d'épaules, il avait de bons rapports avec la terre et la bouteille de rouge sur la table, et était fait pour continuer notre exploita-tion agricole familiale. Mais il avait guetté d'un œil un peu jaloux ma « réussite sociale » et, au début de l'expansion, au cours des années cinquante, lorsque la promotion immobilière rapportait cent pour cent libres d'impôts, il s'était lancé tête baissée dans les H.L.M. et avait fait un milliard en cinq ans. En 1968, il fut compromis dans une affaire de pots-de-vin et de fausses factures, dut payer trois cents millions d'amende pour dissimulation de revenus et fraude fiscale, et fut condamné à six mois avec sursis alors qu'il était sur le point d'obtenir la Légion d'honneur. Il avait fait un infarctus, par dignité. C'était un de ces hommes intraitables sur le plan de leur réputation et qui ne peuvent tolérer d'être déconsidérés. Je ne me livre pas au paradoxe en disant qu'il était foncièrement honnête mais avait été gagné par la contagion de la facilité et s'était rué dans une dimension d'affaires à coups de crédits galopants où l'importance des chiffres manipulés donne un sentiment de sécurité pour sa grandeur même. C'était une époque d'expansion en raz de marée où trente pour cent des sociétés véreuses au départ devenaient honnêtes à l'arrivée par leur réussite : les scandales n'étaient provoqués que par l'échec. Les choses allaient si bien et si vite que Gérard avait fini par se prendre pour un génie alors qu'il se laissait simplement ballotter par la plus grande vague de prospérité et de facilité dans toute l'histoire du capitalisme. Je ne dis pas qu'il était un imbécile, mais seulement qu'il n'était pas fait pour manipuler des sociétés avec toute la virtuosité indispensable dans l'art de jouer avec les lois, les bilans, les traites et les emprunts bancaires où l'on est toujours à la merci d'un scandale financier chez les autres. Il avait rompu avec sa nature atavique, avec le « petit à petit », le « fait à la main », avec « patience et longueur de temps », pour entrer dans un univers de millions instantanés et, à force de la donner, il avait perdu le sens de sa signature, cependant que la grandeur des chiffres finissait par apparaître comme portant en elle-même une garantie de sécurité par sa dimension même. Après la catastrophe, je l'avais pris avec moi dans ma société, d'abord par esprit de famille, et ensuite parce qu'il était bon pour moi d'avoir cet exemple sous les yeux. Il ne s'occupait de rien en se mêlant de tout. Mon fils et mes collaborateurs s'arrangeaient pour lui procurer un certain sentiment d'importance. Ses appointements étaient multipliés par des pourcentages, et je dirais qu'il servait de support économique à plus d'objets manufacturés que moi, s'acquittant de ses responsabilités de possédant envers d'innombrables bidules dont sa propriété dans le Midi, ses voitures et son Chris-Craft représentaient à eux seuls quelques milliers d'éléments auxquels il fallait assurer une existence bien entretenue. Il s'arrêta en face de moi, une main dans la poche, et son visage avait l'air sévère de l'aîné.

— Jean-Pierre m'a dit que tu liquides ?
— Je vends.
— Aux Allemands ?
— A Kleindienst, oui. Du café ?
Il s'assit.

— Non, merci. Tu choisis le plus mauvais moment.

— Oui, on a voté pour Giscard d'Estaing et on s'aperçoit qu'on a élu le fantôme de Mitterrand. J'aurais dû vendre il y a dix-huit mois : les Hollandais m'offraient quatre milliards, dont un en Suisse.

— Tu as parlé à Kleindienst ?

— Nous avons eu un premier contact, oui...

Je ne voulais pas l'affoler. Il y avait des années que je le ménageais : il était d'une susceptibilité maladive, aggravée par l'échec. Gérard m'exaspérait et me touchait à la fois par sa façon de manifester jusque dans ses moindres gestes une énergie et une résolution qui n'avaient de prise sur rien et n'étaient plus que des signes d'une pression intérieure destinée à finir dans la tension artérielle.

— Ce sont les Allemands qui ont exigé de la France la mise au pas du crédit, et maintenant que ça tombe de tous les côtés, ils ramassent...

— N'exagérons rien... Et pour le resserrement du crédit, il était temps. Toutes les entreprises qui ne sont pas en palier mais en expansion ne travaillent plus que pour payer l'usure bancaire...

Il jouait avec son chapeau.

— Et naturellement, on ne me dit rien. Je n'existe pas. Tu as fait des modernisations qui ont coûté les yeux de la tête, des investissements, tu empruntes partout, et tu n'as pas prévu la montée en flèche de la fibre. La nouvelle hausse du papier est de quarante pour cent et si tu m'avais écouté

94

et constitué des stocks en dehors de la société pour ton compte personnel...

— Tiens, tu m'en avais parlé ?

— Bien sûr, mais tu pensais évidemment à autre chose. Tu as été obligé d'emprunter et d'escompter les traites à vingt pour cent, et maintenant que la vraie bagarre va commencer, tu laisses tomber ?

— Je ne laisse rien tomber. J'ai une offre valable et je vends. C'est tout.

— Je te dis que ce n'est pas le moment. Ça va repartir.

— J'ai mes raisons.

Il me lança rageusement .

— Oui, je les connais. Tout Paris les connaît, tes raisons.

Je dis, doucement, comme au temps où j'avais quatorze ans et lui dix-huit :

— Gérard, ne me fais pas chier. Ça suffit comme ça.

— J'essaie de t'empêcher de te détruire, c'est tout.

— Me détruire, tiens ? Ça veut dire quoi ?

Je commençais à m'amuser.

Cette expression « je vais t'empêcher de te détruire » était somme toute assez flatteuse. Encourageante même. Cela voulait dire, à bien y réfléchir, que la vie, après soixante ans d'efforts, n'y était pas parvenue et qu'elle avait besoin d'un coup de main.

— Je vais te dire, Jacques. Parce que personne d'autre ne te le dira...

Je levai la main.

— Tu peux t'épargner cette peine. Je me le dis suffisamment moi-même. Je me le chante tous les matins dans ma salle de bains...

Il se rassit.

— J'ai quatre ans de plus que toi, c'est entendu. Mais il y a six ans que je ne bande presque plus.

Je me taisais. J'éprouve toujours un certain respect devant la mort.

— Bien sûr, j'ai un mauvais diabète... Mais tout le monde y passe, tu sais.

— Je te tiendrai au courant.

— C'est ça, fais de l'ironie. C'est ta façon habituelle de te dérober. Tu es en train de te mentir dans un domaine où on ne peut pas mentir... La môme a... quoi, trente-cinq ans de moins que toi? Réfléchis Après tout, je suis ton frère...

Je me suis mis à rire.

— Excuse-moi. C'est à cause de l'expression bien française : « le petit frère ». Il est certain que tôt ou tard le petit frère va me jouer le même tour qu'à toi. Bon. Mais je n'en suis pas encore là. Et chaque homme a le droit de décider ce qu'il fait de ses restes.

— Je n'ai pas de leçons à te donner. Tu es beaucoup plus intelligent que moi. Et beaucoup plus cultivé. Tu as tout lu. D'accord. Mettons donc que tu sais où tu en es, ce que tu veux. Mais il y a aussi des gens très intelligents, très cultivés qui... se suicident.

— Ne déconne pas.

— Il paraît que c'est une fille bien. Alors,

laisse-moi te dire que tu n'as pas le droit de la rouler. Tout le monde dit qu'elle est dingue de toi, et il me semble que ça te pose des responsabilités, non? Tu es en train de lui refiler un paquet de valeurs qui ne vaudra plus rien, dans quelques années : toi-même. Tu es en déclin, mon vieux. En baisse. Tu le sais très bien. C'est la pente. On ne la remonte jamais. Je sais de quoi je parle. Moi, je ne vaux plus rien, pour une femme. Maintenant, chaque fois que tu baises une fille sans la payer, tu l'exploites. Bon, je sais, je parle pour moi. Tu n'en es pas encore là, d'accord. Mais moi, au moins, quand j'essaie avec une fille, je la dédommage. J'ai vécu, moi aussi, je sais ce que c'est une nuit d'amour. Alors, tu l'exploites. C'est sans avenir. Laisse-moi te dire que si tu l'aimes vraiment, tu devrais la quitter. Tu pourrais être son père et tu devrais réfléchir à ses intérêts...

J'émis un petit sifflement d'admiration.

— Mon vieux, chapeau. Tu es vraiment de ceux qui bâtissent une nouvelle France. Tu as un sens du capital, du placement, de l'investissement, de la rentabilité qui justifie entièrement ce que nos pionniers affirment : lorsqu'il s'agit de la concurrence et du défi américain, la France ne craint rien ni personne... Je vais donc parler à mon amie pour lui demander comment elle envisage l'avenir de sa petite affaire et ce qu'elle en attend du point de vue du rendement quotidien ou hebdomadaire...

Il se leva.

— C'est ça, fais le pitre. Moi, tu me l'as assez

répété, je n'ai pas le sens de l'humour. C'est un truc nouveau dans notre famille, l'humour. Mais je vais te dire, je ne vais pas me gêner, parce que je sais ce que ça signifie pour moi, la liquidation de l'affaire. Tu vas me refiler cent briques, et démerde-toi. Qu'est-ce que tu veux que je fasse avec cent millions, aujourd'hui ? Quand tu es revenu d'Amérique, il y a trente ans, tu as été le premier en France à souligner l'importance de la présentation et à miser à fond là-dessus. Tes papiers d'emballage ont été les premiers et les plus beaux sur le marché. Seulement, à présent, tout ce que tu es et tout ce que tu vends, c'est du papier d'emballage... A l'intérieur, il n'y a plus rien. Du creux. C'est ça, ton humour. L'emballage du vide.

Il me tourna le dos. On sous-estime toujours les hommes que l'on connaît trop bien. Mon frère était capable d'une perspicacité assez impressionnante. Je m'appliquai à ne pas penser pendant quelques instants, à respirer seulement : il faut savoir redécouvrir quelques-uns de nos simples plaisirs. Je repris ensuite *Le Figaro*. Mon regard tomba au hasard sur une rubrique de recettes culinaires :

Émincé de veau forestière

Préparation : 20 minutes + 6 heures de macération.
Un mignon de veau de 600 g.
Le jus de 2 citrons.
6 cuillerées à soupe de crème fraîche.
500 g de champignons de Paris.

Sel et poivre du moulin.
Crackers ou pain de seigle
Cerfeuil haché finement.

Parer le mignon de veau et dégraissez-le
totalement.
Coupez-le ensuite en très fines tranches que
vous aplatirez avec un battoir.
Dans un plat en verre, déposez une première
couche de viande. Recouvrez-la avec des
champignons émincés. Salez et poivrez au
moulin. Citronnez.
Procédez ensuite de la même manière avec
une deuxième couche de viande et de champignons et ainsi de suite jusqu'à épuisement du
mignon.
Recouvrez de crème et placez pendant six
heures au réfrigérateur.
Au moment de servir, placez le mélange sur
des crackers ou sur des toasts de pain de
seigle et saupoudrez avec le cerfeuil haché.

J'avais l'impression d'être prêt à être servi.

VIII

Je remontai dans l'appartement ; la porte était fermée ; je frappai sans obtenir de réponse. J'appelai la femme de chambre et me fis ouvrir. Le lit était encore défait. Sur l'oreiller, une feuille de papier : « *Il est des moments, des heures faites de vies entières d'un bonheur auquel on ne devrait pas pouvoir survivre. Romantique, je sais, et si brésilienne, mais ce que tu me donnes ne peut être dit qu'avec des larmes d'un autre temps, et des mots Ancien Régime, et je te parle ainsi d'un âge où la vie avait encore des poètes de cour. Maintenant, la vie a cessé de régner et personne n'ose plus en parler sur un air de bonheur. Elle a perdu ses chanteurs, ses poètes de cour, ses prêtres, ses récitants, ses célébrants, car la vie est passée de mode : on lui reproche d'être dure, indifférente, absurde, injuste, féodale, et d'ailleurs n'a-t-on pas raison, lorsqu'on pense qu'elle m'a donné mes instants les plus heureux dans un appartement à cinq cents francs par jour à l'hôtel Plaza ? Chéri, je t'ai vu tout à l'heure en sortant, tu étais accompagné d'un homme d'aspect sévère et je me suis dit : c'est un fonctionnaire que la réalité a envoyé à Jacques pour lui demander des comptes, pour l'interroger sur cette façon de frauder qui*

consiste à être heureux. Et c'est vrai, il y a quelque chose
d'outrageant, de scandaleux, de privilégié dans notre
amour parce que le bonheur d'un couple tourne toujours le
dos au monde, et j'ai peur. Je suis remontée dans la
chambre pour écrire ces lignes, et je m'attarde, je regarde
le lit défait, les rideaux baissés, cette chambre où l'on ne
devrait rien toucher, jamais, la garder telle quelle, jusqu'à
ce qu'une femme aussi heureuse que moi dise enfin dans
mille ans : " Vous pouvez effacer les traces, faites de
l'ordre, c'est sauvé... " Laura. »

Je tenais la lettre à la main et j'écoutais le chant
du silence. Longtemps après, car les secondes qui
passaient avaient perdu leur message, je portais la
feuille à mes lèvres comme il y a cinquante ans à
peine, lorsqu'on m'avait dit — c'était pour rire —
que les fleurs coupées duraient plus longtemps
dans leur vase si on leur donnait chaque matin un
baiser. Je demeurai étendu sur le dos sans bouger,
me gardant bien, par un geste inconsidéré, de redevenir moi-même, avec tout ce que cela suppose
d'expérience, de dérision, de futilité et de raison.
Vint ensuite le douloureux et poignant désarroi
que connaissent sans doute tous les hommes
vieillissants lorsqu'ils vivent leur premier amour
d'adolescent. Je n'avais plus tellement envie de
vivre, d'ailleurs, car à quoi bon gâcher le bonheur. C'était ce moment difficile entre tous, disait
Bonnard, lorsqu'on a envie de continuer, mais où
votre métier vous murmure qu'une touche de plus
au tableau va tout gâcher. Il faut savoir s'arrêter
à temps.

Je me levai et mis la lettre dans ma poche. Dans
la glace, un homme vêtu d'un complet croisé gris,

cravate bleue, chemise blanche, visage sans trace d'aveu dans ses traits virils, mit la lettre dans sa poche. Il me jeta distraitement un regard purement vestimentaire.

Mon cœur se calmait et se remettait à tricoter.

Je m'allonge sur le lit défait. Je me sens à l'abri, dans cette chambre. Ils doivent me chercher partout. Mon directeur commercial, mes directeurs de vente, de promotion, de fabrication, de relations publiques... « Il liquide. Il vend. Il lâche tout On ne sait même pas où il est. C'est l'andropause, quoi... Il a tenu le coup jusqu'à cinquante-huit ans, mais à présent il se déglingue... Le retour d'âge... S'est toqué d'une fille de vingt ans... Il va faire un infarctus, c'est moi qui vous le dis... Vous croyez qu'il bande encore ? Bof, vous savez, c'est un malin, il n'a jamais fait une mauvaise affaire : il a dû prendre une clitoridienne... Et il doit lui faire des trucs... Elle doit lui faire des trucs... Une Brésilienne... Très riche, il paraît... Riche ? Pas possible ? Une fille riche de vingt ans qui se met avec un type de cet âge ? Complexe du père, probablement... Le complexe du père, c'est un truc en or. Un vrai filon... Jamais je n'aurais pensé qu'il vendrait l'affaire, j'ai toujours cru que c'est le genre de type qui ne lâche jamais le morceau... Justement, il ne veut pas lâcher le morceau... Mais il se trompe de morceau... C'est le morceau qui va le lâcher... Le fils doit faire une drôle de tête... »

Je prends la lettre de Laura dans ma poche et la relis encore une dizaine de fois pour me retrouver.

IX

Le professeur Mingard me reçut dès le lendemain. Je lui avais dit au téléphone quelque chose
d'assez bizarre : je lui dis que c'était urgent. Nous
nous connaissions un peu : il m'avait rendu visite
une ou deux fois, au moment de la publication de
ses ouvrages dans la collection de livres scientifi-
ques que j'avais lancée trois ans auparavant.
C'était un spécialiste d'endocrinologie et du vieillissement dont les travaux faisaient autorité dans
le monde. Mais il était bien plus qu'un savant :
c'était un homme de civilisation. Je dirais même
de permanence. Il m'avait dit, lors de notre bref
entretien, qu'il était important pour les civilisa-
tions de refaire régulièrement les mêmes décou-
vertes et qu'il s'y était appliqué de toutes ses
forces. « J'en suis en ce moment à la tolérance,
m'avait-il confié, avec un sourire un peu coupable, ce qui me pose de graves problèmes de
fouilles dans le passé et de reconstitutions, au
risque de passer pour un conservateur. Très
difficile, ça : l'immuable, lorsqu'en même temps
on rêve de quelque prodigieux changement...

Mais que voulez-vous, j'ai le goût des tranquilles certitudes et j'ai passé toute ma vie à les culti-ver. » Mingard était âgé de quatre-vingt-quatre ans. Il me faisait penser aux rires d'enfants et aux filets à papillons : je crois que cela tenait à une certaine impression de bonté qui émanait de lui et à une gaieté qui, à son âge, paraissait faire de la vieillesse et de la mort de simples abords d'un domaine féerique. Un long visage osseux où le nez tenait une place importante et où les rides sem-blaient avoir été moins creusées par l'âge que par la bonne humeur et par un jeu d'expressions qui avait laissé ces sillons en allant de la douceur au rire ; la peau était d'une pâleur de traits de crayon déjà un peu effacés et avait avec la vieillesse des rapports translucides. Il était de ces hommes âgés qui semblent avoir vieilli dans le bonheur du couple et j'imaginais qu'il avait une femme qui lui ressemblait et que leurs soixante ans de vie commune étaient une sorte de secret qu'ils parta-geaient et qui avait réponse à tout.

Je m'assis dans le fauteuil devant son bureau et déjà je regrettais d'être venu. Je sentais que je commençais à faire appel : après le premier verdict médical, celui d'une instance supérieure. Je connaissais pourtant la loi et si celle-ci a parfois effet suspensif et accorde le sursis, il est aussi vain de s'adresser aux instances toujours plus élevées de la hiérarchie que de se pourvoir en cassation contre les décrets de la nature.

Mingard prenait des notes d'une petite écriture minutieuse et rapide. Je pensais à une souris qui ferait des arabesques sur une feuille blanche.

Derrière lui, sur une étagère, il y avait un de ces affreux petits bouddhas bleus et obèses dont l'expression de sagesse est une invitation à finir dans la graisse. Il saisit mon regard, se tourna, toucha le nombril du bouddha de son crayon et se mit à rire :

— Japonais, dit-il. Parfaitement hideux. J'y tiens beaucoup, c'est une sorte de trophée...

Il ne s'expliqua pas davantage, et je n'ai jamais su si c'était une référence à son propre aspect ascétique ou s'il avait livré toute sa vie quelque mystérieux combat contre les nombrils.

— Vous avez des difficultés ?

— Oui. Enfin... Je m'en tire encore. Je viens plutôt me renseigner. Savoir à quoi m'attendre...

— Une certaine... appréhension ?

— Quelque chose comme ça.

Il fit de la tête un geste d'approbation.

— Les angoisses vespérales... Même les plus beaux couchants nous serrent un peu le cœur. Vous avez quel âge ?

— Je vais avoir soixante ans dans deux mois et demi.

Il m'observa un moment amicalement par-dessus ses lunettes.

— Et que voulez-vous encore savoir que vous ne sachiez déjà ?

— Qu'est-ce qu'il me... reste ?

— Qu'est-ce que vous pouvez donner en ce moment ?

Je fus un peu désarçonné. La question ressemblait si peu à ce petit vieux bonhomme qui paraissait sortir d'une illustration des contes d'Andersen que j'éprouvais un sentiment d'irréalité, comme si nous étions deux personnages qui s'étaient trompés d'auteur et comme si notre rencontre n'était pas une consultation médicale mais un effort pour démêler ce que nous faisions là tous les deux, et à la suite de quelle erreur dans le bon usage du monde.

— Vous voulez dire...?

— Quelles sont vos capacités actuelles?

— Une ou deux fois par semaine.. Avec tranquillité d'esprit. Au-delà..

— Au-delà?

— C'est l'inconnu.

— Vous avez déjà eu des échecs?

— Non... Pas vraiment. Mais je ne suis plus le même... Je devrais dire plutôt : je ne suis plus moi-même. Un sentiment de... de dépossession.

— L'impression que le monde vous échappe...

— Exactement.

— Encore faudrait-il savoir ce que vous entendez par « monde » et de quelles... richesses il s'agit, lorsque vous parlez de dépossession...

— Une femme qu'on aime...

— Ah.

Il fit un petit signe d'approbation et parut satisfait, presque rassuré. Il avait une belle tête de douceur où se retrouvaient les souvenirs des savants de Jules Verne et les certitudes intérieures paisibles que rien ne peut ébranler.

— ... Une femme qu'on aime, oui, bien sûr... Mais on aime parfois une femme... fâcheusement, comme un instrument de possession du monde. Un violon de puissance dont on tire des accords grisants... Excusez-moi, je suis très âgé et j'avoue que j'ai avec la puissance des rapports... ironiques. Vous vous observez beaucoup, naturellement ?

— Tout le temps. Cela devient obsessionnel. Il m'est de plus en plus difficile de m'oublier. Lorsqu'on sait que l'on aime pour la dernière fois et que c'est peut-être aussi la première... Je ne sais même pas si c'est une appréhension de dessaisissement sexuel ou un pressentiment plus...

— ... plus mortel ?

— Si vous voulez. Je vis avec un pressentiment obscur de fin du monde et comme je ne crois pas que le monde va finir...

— Oui, l'attachement à la vie est un des grands méfaits de l'amour.

— Ce n'est pas que j'aie peur de la mort...

Il sourit.

— Allons, cher monsieur, allons. Vous êtes un homme beaucoup trop informé pour faire semblant d'ignorer le petit jeu auquel vous vous livrez. Si vous avez des pressentiments « mortels », c'est parce que vous formez des vœux. Vous voulez échapper à l'impuissance sexuelle — à l'impuissance tout court — et vous sollicitez la mort pour vous épargner ça. C'est un des tralalas favoris de la virilité. La *fiesta brava*. Le taureau épuisé rêve de l'estocade, baisse la tête et sollicite le coup de grâce. Parfaitement ignoble. Des goûts particuliers ?

— En quel sens ?

— Des partouzes, des trucs comme ça, pour réveiller la bête ?

— Jamais, j'ai horreur de ça.

— Vous êtes obligé de faire de gros efforts d'imagination ?

— Vous voulez parler de... phantasmes ?

— Oui. Il vient parfois un moment où la réalité — même lorsqu'elle est très belle et qu'on la tient très tendrement dans ses bras —, il vient un moment d'épuisement où elle ne suffit pas... et on demande alors le pouvoir à l'imagination. On ferme les yeux et on appelle à l'aide. Des Noirs, des Arabes ou même carrément des bêtes. C'est bien plus fréquent qu'on ne le croit généralement...

— Ce n'est vraiment pas mon cas.

— ... On risque là parfois de se laisser prendre dans le fameux « cercle » de Wisekind. Vous connaissez, naturellement ?...

— J'avoue que non.

— Eh bien, Wisekind l'a très bien décrit, lisez-le, c'est intéressant. La réalité s'émousse, ne suffit plus, ne parvient plus à stimuler, on fait appel à l'imagination, aux phantasmes, mais ensuite, c'est l'imagination qui s'épuise, laisse loin du compte et exige à son tour le passage à la réalité... Vous aboutissez ainsi à la tragédie des hommes tout ce qu'il y a de bien qui vont aborder les travailleurs africains et leur demandent aide et puissance... Hé oui. Ce que je trouve de plus émouvant dans ces cas-là, c'est la compréhension, le dévouement et l'esprit de sacrifice de la femme...

Je le regardais avec incrédulité. Il y avait quelque chose de complètement saugrenu et d'irréel dans cet aperçu de détresse et d'aberration fait presque gaiement par un petit vieillard translucide de quatre-vingt-quatre ans que j'imaginais quelques instants auparavant assis, coiffé d'un bonnet de gnome, sous un champignon féerique.

— C'est assez effrayant, dis-je.

— Oh non, pas du tout. Simplement, je ne crois pas que tout soit faux dans l'enseignement de l'Église... ni même dans celui du petit gros que vous avez remarqué...

Il se retourna et tapota du bout de son stylo le ventre du bouddha.

— Et rassurez-vous, je ne suis pas en train de vous dire l'avenir, cher monsieur. Je ne prétends pas non plus faire le tour de la question. L'horizon est pour ainsi dire sans limites. Et il y a beaucoup de misère en ce monde et on ne peut pas être partout à la fois... Disons qu'il convient de regarder ces choses-là en face pour parvenir à un peu de détachement...

Il eut un petit sourire de tristesse.

— ... Je sais, je sais : les traités de paix avec soi-même sont souvent les plus difficiles à conclure. D'ailleurs, je crois que vous êtes venu me consulter sans aucune raison précise, ce qui est parfois la plus pressante des raisons... Vous m'avez même dit au téléphone que « c'était urgent... ». Et vous avez déjà vu quelques médecins, bien sûr ?

— Un seul.

— Bravo. Ce n'est pas encore la panique. Et

après moi, à quelle autre instance comptez-vous en appeler?

Je me demandais ce que je faisais là, en effet, pourquoi j'étais venu le déranger dans sa chrétienté amusée.

Nous nous taisions. Il y avait sur son bureau un bouquet de fleurs des champs et, sur le mur, une vieille pendule à balancier au tic-tac d'antan. Mingard me regardait amicalement par-dessus ses lunettes. Il ressemblait au saint François d'Assise de Giotto. On le voyait très bien vêtu d'une robe de bure, entouré d'oiseaux.

— Je vous remercie de votre... mise en garde, docteur. Je crois que je ne risque rien, de ce côté-là. J'ai un instinct de conservation très développé. J'avoue aussi que la sexualité ne s'était encore jamais offerte à ma méditation sous forme de sexologie. Il m'avait toujours semblé que lorsque la sexualité tend à se muer en sexologie, la sexologie ne peut plus grand-chose pour la sexualité. Malheureusement...

— J'imagine, j'imagine...

— J'aime une jeune femme comme je n'ai jamais aimé dans ma vie.

— Et elle vous aime aussi?

— Je le crois sincèrement.

— Eh bien donnez-lui la chance de vous aimer encore plus. Parlez-lui franchement.

— J'ai peur de la perdre. Et puis, il y a la pitié, vous savez... Mon pauvre chéri et tout ça...

— Je croyais que vous parliez d'amour, dit Mingard. Mais enfin, je reconnais que lorsqu'on a mon âge, il devient de plus en plus facile de se passer du corps... Bon. Voyons donc un peu où vous en êtes dans la jouissance de vos biens physiques... Du point de vue fonctionnel, vous n'avez pas trop de difficultés ?

— C'est-à-dire, mes débuts d'élan sont spontanés mais après, il faut bâtir...

Il nota quelque chose sur ma feuille de sécurité sociale.

— Donc, des érections laborieuses.

— Pas exactement, mais...

— Ne vous défendez pas, cher monsieur. Vous n'êtes pas devant un tribunal et personne ne vous accuse de rien. Votre honneur de Français, de patriote et de résistant n'est pas en cause. Ainsi, pas de difficultés de pénétration. Pas de mollesse de la verge avec ploiement, inconsistance, dérobade et déclinaison accélérée au moment de l'engagement ? Seulement, on entre là dans le domaine périlleux dont Silbermann parle dans son *Encyclopédie sexuelle* en six volumes, que vous avez d'ailleurs publiée... La mollesse de la verge exige un tâtonnement accru à la recherche de l'entrée mais cette recherche est vaine parce que la verge n'est plus assez consistante et n'a pas la maîtrise et l'allant nécessaires pour écarter les lèvres de la vulve, et elle s'imagine, en quelque sorte, ne pas trouver l'entrée parce qu'elle n'est plus en mesure de l'ouvrir... Mais attendez ! Tout n'est pas perdu pour autant. Si vous consultez l'ouvrage de Silbermann, qui a tant fait pour prolonger la prospérité sexuelle de l'Occident, vous y trouverez une technique appropriée. Vous placez votre main droite sous la cuisse de votre bien-aimée, quand vous êtes couché sur elle, et vous soutenez fortement la base et le tiers inférieur ou même la moitié de votre verge avec la fourchette des doigts, afin de la maintenir à l'intérieur et l'empêcher de dévisser... C'est ce qu'il appelle la solution des « béquilles ». Ça donne quelque chose comme ça...

Le petit bonhomme se leva, se pencha en avant dans l'attitude d'un danseur de tango qui enlace sa partenaire, plaçant sa main droite au bas des fesses imaginaires de celle-ci, deux doigts en avant. Il resta ainsi un moment, puis revint s'asseoir.

Je dus faire un effort pour sortir de ma stupeur et me rappeler que je me trouvais devant un compagnon de Bertrand Russell, d'un humaniste chrétien aussi libéral que fervent, célèbre dans le monde entier par la largesse de ses vues et par son dévouement aux causes de toutes les détresses physiques et morales...

Je le regardais plus attentivement et fus bien reçu.

Je trouvais dans ses yeux une étincelle de gaieté qui ne devait rien aux facilités de l'ironie et aux jouasseries rabelaisiennes. C'était une gaieté qui avait autour d'elle assez de bonté et de tristesse pour que je me sente soudain comme débarrassé de moi-même. Il y avait dans ce visage que la vieillesse ne semblait avoir touché que pour en accentuer la douceur, au-dessus d'un gros nœud papillon assez incongru, avec ses petits pois bleus, un appel à une complicité dans l'insignifiance, la

112

futilité et la dérision de tous les poids et mesures corporels.

— Vous voyez ? Silbermann assure qu'il a réussi à prolonger ainsi plusieurs de ses patients de quelques années. Naturellement, il faut être un lutteur-né. Nous sommes très en retard en France, à cet égard, et il y a de la douceur de vivre qui se perd, qui nous échappe, un manque à gagner inadmissible. Aux États-Unis, on organise des séances pratiques de réanimation, on fait des films pornos, on crée des Instituts du cul, on fait feu de tout bois. Les Américains sont des gens plus conscients de leur niveau de vie et de leurs droits, plus accrocheurs, c'est la dernière vraie phallocratie du monde. Tout le poids de l'Occident repose sur leurs... sur leurs épaules. Mais chez nous, monsieur ? Chez nous ? Ah là là !

Les étincelles lancèrent vers moi leurs appels de gaieté.

— Pauvre chère doulce France ! A cinquante, cinquante-cinq ans, vous arrivez à une situation où vous pouvez vous procurer facilement des filles très jeunes — c'est pour ça d'ailleurs que l'on a abaissé la majorité à dix-huit ans — et vous bandez mou à la suite des efforts que vous avez faits dans votre branche. Dès lors, ou bien la vie vous passe à côté, ou il faut que la femme vous fellationne pendant une demi-heure, et là, elle doit être une sainte, parce qu'après les premiers instants, l'inspiration poétique tombe, on ne peut pas se maintenir en état de grâce indéfiniment, même si on pense à une nouvelle voiture ou aux vacances à la neige...

Il s'interrompit, avec un air de fausse sollicitude.

— Qu'est-ce qu'il y a, cher monsieur ? Un malaise.

— Non, non, je vous en prie, je suis sujet à des sueurs froides, continuez...

Il me tendit sa boîte de cachous et en prit un lui-même. Son visage ne cachait plus son jeu : il rayonnait de tristesse.

— D'autre part, ne vous faites pas d'illusions : même quand vous avez réussi à tricher et à effectuer votre pénétration, vous n'arriverez jamais à gagner en extension et en consistance, une fois que vous êtes à l'intérieur. La plupart des vigoureux quinquagénaires s'imaginent que lorsqu'ils sont à l'intérieur, tous leurs problèmes d'implantation sont résolus, alors qu'ils ne font que commencer. Durer, alors qu'on n'arrive pas à durcir, obtenir l'orgasme de la femme — oui, c'est parfois indispensable — alors que vous avez peut-être subi une perte de trente pour cent à la Bourse — c'est là un des graves drames méconnus de nos chefs d'entreprise. Car lorsque vous êtes jeune, peu importe que la femme soit bénéficiaire au premier rapport ou pas, vous êtes tout bêtement prêt à recommencer vingt minutes après, avec l'avidité des êtres encore proches des éléments. Il y a chez les jeunes un pouvoir de récupération formidable, et assez scandaleux, lorsqu'on pense qu'ils n'ont encore apporté aucune contribution à la société et que souvent ils n'ont même pas de situation digne de ce nom. Des sources, des torrents, des jaillissements spontanés... Oui, il y a de quoi être indigné, éprouver un violent sentiment d'injustice. On se reconvertit, on se met à lire les rubriques gastronomiques florissantes de nos journaux, qui sont là pour ça. Vous avez, cher monsieur, des guides nombreux qui offrent une description détaillée de cette chère mère France consolatrice : ils vous permettent d'ouvrir plus large l'éventail des délices et de vous... diversifier. La diversification, monsieur, tout est là ! Regardez Rainault...

Il leva l'index d'un air professoral et pour la première fois mon rire ne fut pas une réaction gênée de défense mais d'insouciance et de complicité.

— Vous voyez donc que la qualité de la vie n'est pas vraiment menacée par cette crise... énergétique que connaît la nature. Un homme de haute civilisation et de culture ne peut tout de même pas envier ces satisfactions élémentaires qui sont la consolation du pauvre. A ceux qui ont depuis longtemps dépassé le smic sexuel, à la portée de toutes les bourses, la fortune offre une variété de voluptés qui égalise, en quelque sorte, leurs chances de bonheur avec celles des travailleurs africains. Et puis, il y a ce qu'on appelle le « coup de pot ». Vous avez, cher monsieur, des filles superbes qui sont complètement frigides, mais évidemment, les vigoureux quinquagénaires n'ont pas toujours la chance de tomber sur un tel diamant, et la plupart de mes visiteurs se plaignent amèrement que leurs épouses ou leurs partenaires sont d'un tempérament débridé et qu'elles vont jusqu'à exiger ça deux fois par mois.

Et puis — je sais, je sais —, il y a les vraies contrariantes, celles qui pourraient vous libérer en quelques minutes, mais qui retardent le plaisir — ça devrait être interdit par la loi — et vous êtes obligé de prolonger, de ramer quelquefois pendant un quart d'heure — un crime ! —, à la sueur de votre front, malgré votre pression artérielle, et alors que vous avez déjà tous les soucis que vous causent l'inflation, l'encadrement du crédit et la hausse des matières premières. Votre prestige est en jeu naturellement — ah ! le prestige ! — et si vous débandez, c'est la perte de face, la fin d'une réputation de grand baiseur, la *dévalorisation*, monsieur, la *dévalorisation*. Vous êtes acculé à l'aveu, obligé de déposer votre bilan, et lorsqu'elle vous dit alors avec douceur, en caressant votre front : « Ça ne fait rien, chéri », c'est la haine, la haine, il n'y a pas d'autre mot. Vous pouvez évidemment vous agenouiller et vous mettre à la lécher, si vous n'êtes pas chevalier de la Légion d'honneur, mais alors vous léchez en vaincu, monsieur, vous léchez en débandade, le front s'est écroulé, vous ne savez même plus où sont vos troupes et votre artillerie, vous jouez les utilités, elle voit bien que vous n'existez plus et, pour peu que ses couronnements lui viennent de l'intérieur et que les rôdeurs ne l'intéressent qu'à demi, arrive toujours ce moment pénible entre tous, où elle repousse doucement votre tête, et il y a entre vous un silence de ballon crevé, plein de compréhension réciproque, où chacun essaie de dominer sa frustration et sa rancune par une attitude de détachement civilisé. On minimise, on fume une cigarette, on boit un whisky, on met un disque, on se tient par la main, on parle de quelque chose de *vraiment* important, on est au-dessus-de-cela, il faut s'élever. Mais il vous reste encore une chance. Car pour peu que ses sentiments soient sincères ou qu'elle ait — un don du ciel ! — une nature un peu humble et qui se sente facilement coupable, elle se dira : « J'ai cessé de lui plaire », et encore : « Il a cessé de m'aimer » — c'est ça, cher monsieur, la compréhension entre les sexes ! — et vous parviendrez peut-être à lui coller votre échec sur le dos...

Mingard se tut. Je ne sais si le jour déclinait ou s'il s'agissait d'une ombre plus profonde...

— Ah ! l'affaire homme ! dit-il presque tendrement. Les endroits où l'homme place son honneur, c'est incroyable... Les couilles devraient pousser sur la tête, comme une couronne...

Il se leva. Dans la pénombre de son bureau, acajou et cuirs, sa grisaille avait une apparence de clarté. Les lèvres très minces et les yeux très jeunes échangeaient leurs habitudes de tristesse et de gaieté. Quelque part au fond de l'appartement des notes de Rameau passèrent comme des gouttes de pluie claires sur la poussière des vieux chemins français de campagne...

— Je m'excuse de vous avoir fait perdre votre temps, cher monsieur, dit-il, et il vint vers moi la main tendue. Je suis un radoteur et j'ai oublié de vous donner une consultation... Il y a naturellement Niemen, en Suisse, Horsschitt, en Allemagne... Tout cela dépend de ce que vous entendez par « amour ».

— Je n'aurais pu être mieux aidé, lui dis-je.

Il pencha la tête de côté et écouta la musique.

— Ma femme aime Rameau et Lully, dit-il, et j'avoue que j'y prends goût de plus en plus, moi aussi, parce que chaque fois que j'entends un de leurs airs, je pense à elle... Nous sommes mariés depuis cinquante ans et c'est toujours le même clavecin.

Il m'accompagna jusqu'à la porte, avec une certaine hâte. Je pense qu'il avait envie d'être seul avec elle

Je suis sorti.

Je m'assis dans un bistrot et commandai une décision. J'étais dans un tel état d'irrésolution que lorsque le garçon s'approcha de moi, je lui dis :

— Une décision, s'il vous plaît.

Ce fut seulement lorsque je vis dans son regard l'absence totale d'intérêt des vieux garçons parisiens, où se lit à peine une trace de dédain pour tout ce qui cherche à les étonner encore, que je me repris :

— Une infusion, je veux dire.

Il parut regretter cette normalisation de nos rapports et se retira vers le comptoir. J'allais me lever, appeler Laura au téléphone, lui dire de venir me rejoindre dans ce petit café du quartier Latin qui n'avait guère changé depuis le temps où j'étais étudiant et qui avait entendu tant de serments et vu tant de larmes de rupture que nous sortirons d'ici en sentant que rien n'est jamais fini et que « nous ne nous reverrons plus jamais » est un rendez-vous d'amour. Je l'aimais trop profondément pour pouvoir me passer d'avenir.

118

On ne peut plus dire « toujours » lorsque tout vous est compté. Mon corps était devenu celui d'un vieux menteur et mes élans les plus sincères se terminaient dans le calcul des possibilités et des délais de livraison. Il ne s'agissait plus d'amour-propre ou de fierté, je ne songeais pas à la rupture pour éviter quelque piteuse déconfiture : il s'agissait d'authenticité. J'aimais Laura trop profondément pour me traîner sur des béquilles à la suite de mon amour. Je pris dans ma poche la lettre que j'avais reçue d'elle ce matin même : elle laissait ses lettres partout dans son sillage, me les donnait de la main à la main, et lorsque j'étais couché, étendu auprès d'elle, elle se levait pour m'écrire. Ses lettres apparaissaient dans mes poches, m'arrivaient par la poste, tombaient des livres — quelques mots griffonnés ou des pages entières — comme si elles faisaient partie d'une végétation luxuriante d'une saison du cœur plus tumultueuse et plus débordante dans ses florai-sons que celle de notre latitude plus tempérée et plus encline aux pastels. « *Je me suis promenée toute la matinée avec toi au bord de la Seine pendant que tu étais au bureau et j'ai acheté chez un bouquiniste les poèmes du poète brésilien Arthur Rimbaud, tu sais, celui qui fut le premier à découvrir les sources de l'Amazone et qui est né français à la suite d'une erreur tragique qu'il vaut mieux passer sous silence. Tu ne sauras jamais ce que ta présence signifie pour moi quand tu n'es pas là car le ciel parisien et la Seine sont à cet égard d'une indifférence qui m'irrite par leur air d'avoir déjà vu tout ça un million de fois et n'être plus capables que d'une carte postale.* »
Je descendis dans la cabine téléphonique

— Pourquoi dois-je aller là-bas, Jacques? C'est plein de monde extérieur, dehors...

— Viens ici. Je fréquentais ce café quand j'avais vingt ans. Tu m'as terriblement manqué alors, je m'en souviens très bien. J'étais assis ici pendant des heures à t'attendre. Je m'installais en face de la porte, je te guettais, mais il n'y avait que des jolies filles qui allaient et venaient, ce n'était jamais toi. Je suis assis à la même table que jadis et cette fois tu vas entrer. Je prendrai mon courage à deux mains, je me lèverai et je t'adresserai la parole. Je te parlerai de Franklin Roosevelt, qui vient d'être élu président des États-Unis, et de Bill Tilden, qui vient de gagner les championnats de Wimbledon. Tu me reconnaîtras, je suis le seul homme ici frisant la soixantaine, j'ai des cheveux gris coupés en brosse, un visage qui a pour toi des yeux de dix-huit ans. J'aurai à la main la lettre que tu viens d'écrire à celui que j'étais à l'époque...

— J'ai écrit cette lettre à celui que tu es aujourd'hui. Tu n'as plus le temps de chercher quelqu'un d'autre. Tu sais que tu vas être bientôt vieux, mon amour? Il n'y a plus beaucoup de place, juste assez pour moi, et je me sens moins... comment on dit en français, *insecure?*

— Dis insecure, c'est tout ce qui nous manquait, en français... Viens, Laura. J'ai quelque chose d'important à te dire.

Je revins m'asseoir à la table et appelai le garçon.

— Vous êtes d'où?

— Auvergnat, m'informa-t-il, avec une certaine hauteur, car ce n'était pas compris dans le service.

— Lorsqu'un homme a près de soixante ans et qu'il décide de rompre avec une jeune femme qu'il aime et qui l'aime, de quoi fait-il preuve, à votre avis?

— De connerie, monsieur.

Il haussa des sourcils dédaigneux.

— Ce sera tout ou est-ce que vous désirez une autre décision?

— Oui, il fait preuve de connerie, c'est-à-dire de bon sens. Alors, donnez-moi un cognac et de quoi écrire.

C'était la première lettre de rupture que j'écrivais car jusqu'à présent je m'étais toujours arrangé habilement pour laisser cette satisfaction à l'adversaire : l'élégance des mufles, ou l'art d'être un gentleman. J'écrivis : « *Jacques Rainier, vous m'avez profondément déçu. Je découvre que vous avez une nature médiocre d'épargnant, que vous êtes un homme de bilan, de prévoyance, de comptabilité et de marges bénéficiaires. L'aventurier que j'ai connu dans ma jeunesse est devenu un petit bourgeois qui a peur de perdre. Vous ne savez plus vivre dans le présent, et le souci des lendemains est votre préoccupation constante. Lorsque vos pouvoirs sexuels déclinent, vous vous comportez comme un chef d'entreprise qui a peur de ne plus pouvoir faire face aux échéances et vous préférez vous retirer de l'affaire. Il vous reste pourtant des mois, peut-être même un an ou deux, et avec un peu de chance, vous crèverez* avant d'avoir un infarctus, mais non, il faut des horizons et des perspectives, des dizaines d'hectares d'avenir, et vous qui risquiez autrefois votre vie tous les jours, vous n'avez plus* *à la place du cœur qu'une caisse de prévoyance. J'ai donc pris la décision de rompre avec vous. Je ne veux plus partager vos pensées, vos petites vanités, vos pauvres soucis d'amour-propre et cette façon que vous avez de vouloir renoncer plutôt que de perdre. Je me sépare de vous, de votre psychisme d'homme qui s'accroche à son étalon-or, et je vais aimer Laura comme je peux, tant que je peux, et en acceptant l'échec, lorsqu'il viendra, comme tout homme qui doit finir. Je ne quitterai pas Laura par un souci de dignité, car un tel souci est déjà un manque d'amour. Adieu. »* J'adressai la lettre à moi-même, allai acheter un timbre au comptoir et glissai l'enveloppe dans la boîte. Je revins m'asseoir le cœur léger. Rien n'est plus réconfortant que de faire preuve de volonté à l'égard de soi-même, savoir prendre une décision difficile et s'y tenir.

Elle entra dans un envol de la chevelure et dans le désordre des gestes et des mouvements qui me donnaient toujours l'impression qu'elle ne savait pas encore voler. Elle s'est assise en face de moi, les mains jointes, et je l'aimais trop pour qu'elle pût être dupe de mon sourire.

— Qu'est-ce qu'il y a, Jacques ? Tu... ne vas pas me quitter ? Un rendez-vous dans un bistrot et « j'ai quelque chose à te dire », c'est pour éviter que ça se passe en tête à tête ?

— J'ai eu beaucoup de mal à me débarrasser d'un triste individu et j'avais hâte de te revoir, c'est tout. J'étais souvent malheureux dans ce café quand j'avais vingt ans, et il était grand temps que ça change.

Nos coudes étaient sur la table et nos mains se tenaient. Ses yeux se remplirent de larmes.

— Jacques, qu'est-ce qu'on fait quand on est complètement heureux? On se fait sauter la cervelle, ou quoi? J'ai l'impression d'être une voleuse. Le monde n'est pas fait pour ça.

— En général, ça se tasse. Il paraît qu'il ne faut pas avoir peur du bonheur. C'est seulement un bon moment à passer.

Elle appuya mes mains contre ses lèvres. Le garçon navigua jusqu'à nous, déchira la fiche, retourna une soucoupe, attendit, donna encore un coup de serviette sur le marbre et puis s'en alla avec l'air du destin qui refuse de prendre la commande.

— Laura, je vais fermer boutique. Je veux dire, je liquide toutes mes affaires. Je me suis trop battu dans ma vie, ça finit par devenir une habitude. Le ring. L'arène. Les quelques bonnes années qui me restent, je veux les vivre pleinement. Je veux partir. Partir, tu comprends?

J'avais élevé la voix. Laura se taisait, me regardait attentivement.

— Ici, j'ai tout le temps l'impression d'avoir quelqu'un, quelque chose à mes trousses. J'ai tout le temps l'impression d'un piège qui se referme sur moi.Foutre le camp avec toi. Loin. Laos. Bali. Kaboul. Je ne sais pas, moi, mais ici, je me sens menacé par l'inévitable...

— Quel inévitable?

— Spengler. Le déclin de l'Occident. La chute de l'Empire romain. Est-ce que je sais, moi? Ça pue la fin, ici.

— Tout ce que je veux, c'est être dans tes bras Je ne vais pas acheter des billets d'avion pour ça.

— Écoute, sous l'Occupation, la radio anglaise diffusait ce qu'elle appelait des « messages personnels ». *Tante Rose a du pain sur les planches. Les enfants s'ennuient le dimanche. Monsieur Jules viendra ce soir.* C'était des messages en code, pour la Résistance. Excuse-moi de te parler de la guerre...

— Tu ne vas pas me parler de ton âge ?

— Non. Ces histoires d'âge, c'est pour les ploucs. Les gagne-petit. Les compteurs de gouttes. Moi, c'est à belles dents, à pleins poumons, sans lésiner, sans poids et mesures... Tiens, mon père a quatre-vingt-cinq ans et il joue encore à la belote.

Son regard prenait peur.

— Jacques ! Qu'est-ce que tu as ?

— Rien. Absolument rien. Un électrocardiogramme en or, tension quinze-huit. Seulement, je viens de recevoir un message personnel.

— De qui ?

— De Giscard d'Estaing. Il a dit l'autre jour à la radio : « Les choses ne seront plus jamais ce qu'elles étaient auparavant. » Tous les Français ont compris. Il parlait du mètre de couturière.

— Du mètre de couturière ?

— Du mètre de couturière.

— Je ne...

— Bon Dieu, j'essaie pourtant de te parler franchement ! Avec la franchise la plus totale ! Un mètre de couturière !

— Giscard a un mètre de couturière ?

— Tous les Français qui se respectent... qui s'inspectent, je veux dire, en ont un ! Je veux dire, tôt ou tard, je vais être obligé de renoncer à toi à cause des choses qui ne seront plus jamais ce qu'elles étaient autrefois, *à cause du mètre de couturière*... C'est un message personnel, Laura... Je suis ici à te parler avec une sincérité totale, et tu refuses de m'écouter... Ce n'est pas la peine de regarder la bouteille, j'ai un peu bu, mais c'est difficile pour un homme de faire un tel aveu... avec une franchise aussi brutale! Ouf, maintenant que c'est fait, je me sens beaucoup mieux!

... Tu vois que je t'ai tout dit, ma chérie, avec beaucoup de courage.

X

Il devait être deux heures du matin. Laura était déjà à moitié emportée par le sommeil : seul le bout de son nez arriva jusqu'à ma joue, mais le baiser se perdit en chemin et elle demeura immobile dans l'attitude des enfants qui n'ont pas eu le temps de ramasser leur corps avant de s'endormir. J'étais seul, dans la lueur rose de la veilleuse. Le demi-échec que je venais de subir, cette étreinte qui fut surtout une lutte acharnée contre le corps usé qui avait pris la place du mien et refusait de servir, avait multiplié la dépense nerveuse et m'avait laissé dans un état crépuscu-laire où le chagrin lui-même manquait d'inten-sité, si bien que l'inertie sauvait les pensées du désespoir. Mes bras, mes épaules, mes cuisses entouraient de leur lourdeur un tarissement, une inexistence essentiels, un vide où la mort semblait être venue incognito au cours d'une tournée de prospection.

J'entendis un léger crissement. Un glissement furtif sur la moquette... Et puis le silence absolu et là où l'obscurité m'avait paru bouger, une immobilité du noir dans le noir où mes yeux distinguaient pourtant une différence d'épaisseur...

Ma main chercha l'interrupteur. J'allumai.

Ce fut instantané. Un bond et l'homme appuyait déjà la pointe du couteau contre ma gorge.

Il portait la casquette et l'uniforme de chauffeur de maître. Une paire de gants noirs était enfoncée sous l'épaulette droite, les doigts dressés, recourbés et rapaces. La veste était déboutonnée et je voyais au-delà du bras tendu un maillot de corps blanc.

Je n'avais encore jamais vu de visage d'une beauté aussi animale. Les sourcils noirs étaient noués au milieu, les lèvres faisaient une moue dure, l'expression était sans trace d'hésitation : il était prêt à tuer. Il m'eût suffi d'esquisser un mouvement un peu brusque pour que tout fût fini et pour que me fussent épargnées la lâcheté, l'acceptation et l'accoutumance. Mais je ne bougeais pas. Je voulais prolonger ce moment, faire durer cette possibilité de délivrance, goûter encore cette soudaine absence de tout poids, le sentiment de légèreté et de vie intense qui tendait chaque ressort du vieil outil délabré.

Il y eut sur son visage une trace d'inquiétude, parce que je souriais. C'était peut-être pour la première fois depuis bien longtemps que mon sourire disait vrai, qu'il parlait vraiment en mon nom, au lieu de me cacher. La pointe de la lame s'appuya un peu plus fortement contre mon cou. Il ne l'avait pas appuyée au milieu mais contre la carotide. Il connaissait les bons endroits.

Je ne me souvenais pas d'avoir goûté une telle sensation d'être redevenu moi-même depuis que je m'étais réfugié dans l'ironie. Je guettai ma respiration : pas trace d'émoi quelconque. Somme toute, je n'avais pas tellement changé : pour l'essentiel, j'étais encore le même qu'au temps des Allemands. Arabe, pensai-je. Mais la pointe du couteau posée au point précis de la saignée à mort fit passer en un éclair dans ma mémoire le ciel d'Andalousie et la mort d'un taureau sous l'épée de Juan Belmonte à laquelle j'avais assisté peu de temps avant que le vieux matador ne mît fin à sa lassitude d'un coup de fusil.

J'étais bien. J'étais chez moi.

Je sentais contre mon épaule la respiration régulière de Laura. Pour la première fois, je fus pris d'inquiétude : je craignis qu'elle ne se réveillât. Je voulais lui éviter la peur. Il me fallait mettre fin à ce délicieux souvenir de moi-même. Le couteau contre ma gorge n'était pas celui d'un parachutiste allemand opérant derrière nos lignes mais d'un rat d'hôtel qui n'osait ni me tuer ni s'écarter, car la sonnette était à portée de ma main et il m'eût suffi d'une seconde pour ameuter le service d'étage. Son visage s'était mis à luire de sueur. C'était un amateur. Un cambrioleur qui avait endossé la tenue de chauffeur pour ne pas se faire interpeller à l'entrée. A présent, il ne savait quoi faire.

Je levai la main, la refermai sur la lame du couteau et l'écartai de ma gorge. Il y eut sur ses traits une expression de désarroi, une trace de lutte intérieure et de peur ; si la peur allait jusqu'à la panique, peut-être serait-il capable de me tuer.

Je lâchai le couteau et tendis la main sur la sonnette. Il devait maintenant ou bien m'égorger ou abandonner toute prétention à l'envergure et avouer sa minable dimension de petit voleur : c'est ce qu'il fit. Il brandit le couteau en l'air d'un air de menace vaine, saisit ma montre en or sur la table de chevet et se mit à reculer vers la porte.

— Prenez l'escalier de service, à gauche en sortant, dis-je, et il eut alors une réaction assez désopilante. Il balbutia d'une voix rauque :

— *Sí, señor...* et, d'un bond, fut dehors.

Je pouvais saisir le téléphone et faire intercepter le voyou avant qu'il n'eût le temps de dégringoler les quatre étages. Mais j'ai toujours eu une certaine tendresse pour la faune sauvage. Il est trop facile de réclamer pour elle des sanctuaires et appeler la police lorsqu'un de ses spécimens s'aventure dans un hôtel de luxe. Je gardais dans mes yeux l'image de ce jeune visage fauve et de ce corps galvanisé dans l'immobilité absolue par la tension de toutes ses ressources nerveuses. Je ne lui ressemblais pas, même à vingt ans, car mon sang normand m'avait touché de je ne sais quelle blondeur un peu prussienne. Mais si c'était à refaire et s'il était possible de se choisir, il ne m'aurait pas déplu de donner à ma jeunesse retrouvée cette souplesse d'une autre race et ce visage d'un tout autre soleil. *Sí, señor...* Grenade ou Cordoue... L'Andalousie.

Il y avait à présent quelque chose d'incongru dans la lueur rose de la veilleuse. La lumière du couloir coulait dans le salon par la porte qu'il avait laissée entrouverte. J'allai la refermer et, en revenant, demeurai un moment debout au bord du lit penché sur ce sommeil au souffle calme. Elle reposait sur le dos, un bras sur l'oreiller, la paume de la main ouverte à mon baiser et l'autre bras perdu dans les sillages que nos corps avaient laissés dans le tumulte des draps. Les lèvres étaient entrouvertes et là aussi je cueillis un instant heureux comme celui qui va voler les fruits du verger dans les souffles de la nuit. J'effleurai à peine ses lèvres pour qu'elle ne se réveillât pas et que tout demeurât ainsi dans ce sommeil des allées désertes au clair de lune où quelqu'un n'est pas là, qui rêve. Je ne sais d'où me venait cette tranquille certitude, ce calme, cette sensation de dépassement et de sortie de l'impasse, comme si la vie sauvage était venue me faire une promesse d'avenir et de renouveau.

Je ne peux pas dormir. Il se tient devant moi, les jambes écartées, vêtu de son pantalon de cuir collant, les mains sur les hanches, et me regarde avec défi. Je ne sais s'il y a vraiment une trace d'ironie sur son visage ou si je lui prête ainsi mes propres richesses. Ce qui fait des mâles à part entière me nargue par la boursouflure du cuir jusqu'au ventre. Je ne me savais pas tant de mémoire. Les cheveux très longs et luisant de jeunesse, les sourcils en vol d'oiseau noir, les joues creuses sous des pommettes dures, presque mongoles, et cette avidité des visages qui en sont encore à leur force première et aux appétits impérieux...

— Ruiz, murmurai-je. Tu t'appelleras Ruiz

XI

Ce fut quelques jours plus tard qu'il vint à mon secours pour la première fois.

J'avais emmené Laura à la campagne. Le mois de mai nous fut complice : il faisait presque chaud. Le jour finissait. Les ombres et les lumières nous couvraient de leurs dentelles déjà un peu jaunies, le printemps en herbe promenait ses bêtes à bon Dieu et ses papillons blancs. La Loire faisait sa promenade crépusculaire avant de rentrer au château ; le courant était très doux, la grande dame était bien vieille et avait ici quelque peine ; il y avait dans le ciel les petites robes blanches de tant d'autres amours au bord de l'eau. Sur l'autre rive, des champs bien rangés et des collines bien sages. C'était un de ces coins de France qui semblent toujours réciter une fable de La Fontaine. Il manquait certes ma commère la carpe et le héron au long cou mais les paysages français ont droit eux aussi à leurs trous de mémoire. A l'horizon, pas trace de cartes postales « chargées d'histoire », ni cathédrale ni châteaux : la vieille dame se promenait ici incognito, fort peu soucieuse de son grand nom. Tout près de nous, la forêt riait parfois d'une voix un peu aiguë de jeune fille et puis il y eut un long silence et il était difficile de ne pas le soupçonner d'un baiser ou même pire. C'était pourtant une forêt très digne et même guindée, qui avait plusieurs quartiers de noblesse.

Je tenais la main de Laura dans la mienne.

Il y avait sur l'autre rive un skiff aux bras vides ; je n'aime pas les skiffs et leur air d'éternels condamnés à la solitude. Les bourdons aux gros sabots s'acquittaient avec conviction de leur maladresse proverbiale et les libellules, comme toujours — et c'est là un de leurs charmes —, perdaient la tête à l'approche du soir. Ce silence ne pouvait plus durer : il était plein d'aveux plus lourds encore que celui que mon corps venait de faire. Il fallait en sortir, parler avec détachement, minimiser, une fois de plus, ou dire quelque chose de joli, de bien tourné, par exemple, que même au bout du souffle il y a encore un baiser. Caresser tes cheveux doucement, Laura, d'un geste rassurant, car est-il besoin de se dire qu'un amour comme le nôtre n'est pas à la merci des défaillances corporelles ? Et appuyer encore contre les tiennes mes lèvres qui ignorent l'usure, tendrement, voluptueusement, pour te montrer qu'il me restait encore quelque chose à donner, malgré tout ce qui venait de me manquer ailleurs, et que je ne mettais pas tous mes œufs dans le même panier. Elle leva les yeux.

— Pourquoi ce rire ?

— C'est drôle, voilà tout.

— Qu'est-ce qui est drôle ?

— La crise de l'énergie.

— Vous autres, Français, vous ne pensez plus qu'aux Arabes.

... Je me souvenais de la voix rauque, rapide : *sí, señor.* Il suffisait de se faire cirer les bottes à Grenade pour voir à quel point le sang maure avait marqué l'Espagne.

Elle appuya ses lèvres contre mon oreille et murmura les premières lettres de l'alphabet.

— Pourquoi a, b, c, d, ma fille ?

— Tu as besoin de simplicité.

— C'est très difficile, Laura, pour un homme qui a mes références. Le plus grand effort culturel du siècle, que ce soit Marx ou Freud, fut en faveur des prises de conscience : nous avons désappris à nous ignorer. Au détriment du bonheur, qui est pour une grande part paix de l'esprit et qui fait toujours l'autruche. Sans parler du fait que toute connaissance psychologique de soi-même est un peu canaille...

La conversation est une des formes les plus méconnues du silence.

— Tu t'observes trop, Jacques On dirait toujours que tu t'en veux secrètement, que tu te déçois... que... Oh, je ne sais pas assez le français. Tu manques d'amitié pour toi-même, voilà. Il faut être tolérant. Tu n'es pas tolérant avec toi.

Elle se penchait sur moi un brin d'herbe à la main. J'attendais qu'elle m'en chatouillât le visage, comme c'est de tradition chez les brindilles, mais au Brésil, il y a encore des forêts vierges. Ses yeux avaient des reflets ambrés, les cheveux

134

en chignon laissaient au front de la place pour tout ce que la dernière clarté du jour avait à lui offrir. Il y avait une part de lumière et une part de bonheur. Elle détourna les yeux pour mieux se laisser regarder, avec ce sourire un peu coupable, un peu hypocrite qu'elle avait lorsqu'elle se savait admirée. Il y avait tant d'autres regards qui l'avaient ainsi caressée mais je crois vraiment qu'elle préférait le mien et qu'elle lui trouvait plus de talent. Je pensais que lorsque la vue baisse, on met des lunettes, mais c'était une pensée ignoble. Et d'ailleurs Ruiz n'était pas là et je ne risquais rien.

Des moucherons s'immisçaient parfois dans nos affaires et il fallait mettre fin à leur insistance agaçante d'un geste vain, qui ratait son but, lui aussi. Je n'aurais pas dû me risquer ainsi, en plein air, j'avais d'ailleurs beaucoup ramé pour venir jusqu'ici, il faut savoir ménager ses forces, j'ai eu tort de m'être laissé aller à mes tendances animales. C'était aussi un peu de sa faute, cette jupe trop étroite, trop longue, trop serrée : pour la relever jusqu'aux hanches, ce fut toute une affaire, ma spontanéité et ma fougue y sont passées. Je me demande comment faisaient les impressionnistes. Elle fit alors ce que la tendresse suggère, avec une application enfantine, mais il faut croire que j'étais dans un de mes mauvais jours, j'aurais dû me faire faire mon horoscope avant. Lorsqu'elle se reconnut vaincue, elle appuya sa tête contre mon ventre et murmura ce vieux refrain de l'art, de la technique et du savoir-faire qui est une des gentilles épitaphes de la virilité :

— Je suis si maladroite...

Je ne dis rien, car pour l'amour-propre non plus il n'y a pas de petits bénéfices. Après tout, un début d'impuissance n'est pas la fin du monde et je peux encore rencontrer une femme aimable ayant atteint la sérénité. Nous coucherons ensemble une ou deux fois avant de faire vie commune, afin de nous assurer que ni l'un ni l'autre nous n'avons plus besoin de rien. Je sais bien que le rire est le propre de l'homme, mais apparemment, le propre de l'homme ne peut pas être partout à la fois. Elle porte un camée sous sa blouse blanche, une blouse aux manches de dentelle qu'elle avait achetée au XIXᵉ siècle aux Puces et une longue jupe marron des écolières de Colette ; elle s'habille autres temps, autres mœurs ; nous irons ce soir à la première d'une pièce de Henry Bernstein, un jeune auteur à la mode. D'ailleurs, nous avons fait l'amour il y a quatre jours et cela s'est très bien passé.

Son chapeau est couché dans l'herbe : blanc, superbe, à larges bords, ceint d'une belle écharpe jaune, il a l'air de s'être posé là après un agréable vol migrateur. Sous leur jupe brune, les genoux de Laura bougent, las de leur captivité : ma main va les chercher et les effleure du bout des doigts, car plus légère est la caresse et plus elle donne aux mains. Et soudain, ce sont les larmes et elle se jette sur ma poitrine en sanglotant.

— J'ai peur, Jacques, j'ai tout le temps peur... Je sens que tu te détaches de moi...

Je me tais, ma main continue sa caresse vide.

— Tu as tant vécu, tant aimé... Tu as été comblé. Je sens par moments chez toi une lassitude... Tu n'as pas envie de recommencer, de te retaper le monde, la vie, l'amour encore une fois. Et il y a toujours une sorte d'ironie, comme si tu t'étais déjà tapé le déluge et la reine de Saba et tout ça, et que tu n'allais quand même pas recommencer encore simplement parce qu'il y a là une fille qui t'aime...

— Je vais bientôt avoir soixante ans.

— Tant mieux. Comme ça, avec un peu de chance, aucune garce n'aura plus le temps de me voler... Je sais bien que je ne suis pas à la hauteur de toutes celles qui...

— Je t'en prie, Laura. Il n'y a eu personne. Personne.

— J'ai été si maladroite, tout à l'heure... Je me sens parfois si idiote en matière sexuelle...

— Lorsqu'un des partenaires se sent complètement idiot en matière sexuelle, ça veut dire que l'autre partenaire est encore plus idiot...

Elle se calmait peu à peu dans mes bras protecteurs, mais il me parut que le chapeau dans l'herbe n'était plus mon ami.

— Je voudrais que tu viennes au Brésil avec moi, loin de tous tes soucis...

— Mes soucis, oui. Giscard, Chirac et Fourcade vont nous tirer d'affaire, j'en suis sûr. Pour l'instant, évidemment, il y a le chômage, la baisse des commandes et l'encadrement du crédit, mais ce ne sont que des étapes nécessaires du redressement. Je me demande aussi si les patriciens romains ne rêvaient pas secrètement des barbares... Il y a également ceux qui prennent leur propre usure pour la décadence d'une civilisation. Je ne sais si les châteaux de la Loire rêvent de travailleurs africains ou si les travailleurs africains sont honteusement exploités dans cette pensée aussi et sans même que je leur paie des heures supplémentaires...

Il ressemblait un peu à Noureïev, surtout par les pommettes et les lèvres, et par cette trace d'Asie aux coins du regard. Mais plus jeune, plus sauvage et beaucoup plus déterminé. Un de nos conquérants, incontestablement : ceux que Charles Martel avait fait fuir à Poitiers s'étaient mêlés en lui à ceux que le roi Jean III Sobieski avait écrasés à Vienne. Je ne savais pas à mes phantasmes un tel souci de victoires. A chaque mouvement de la tête, la chevelure noire volait comme la queue d'un cheval au galop. Il m'était difficile de ne pas prêter à cette apparition au bord de la Loire, et bien qu'elle fût ma propre œuvre et donc que j'en fusse le maître, un certain air de noblesse princière et d'ailleurs animale, que j'avais peut-être emprunté aux œuvres d'art plus qu'à mes fugitifs souvenirs. Il était dommage que la beauté me dictât ici ses conditions, car il m'eût été plus facile de m'en servir s'il eût été méprisable. Je l'effaçai, en lui disant de revenir après qu'il eut retrouvé sa tenue de chauffeur de maître et son air de voyou.

— A quoi rêves-tu, Jacques ?

— A l'impossible. Viens. Il faut rentrer. Il se fait tard.

Nous allâmes jusqu'au canot et je me suis mis aux rames. Ma jolie figure de proue se tenait devant moi dans son cadre d'un bleu très pâle, glissant parmi les nuages, le chapeau sur les genoux. Ce chapeau, décidément, avait la vie belle.

— Pourquoi es-tu toujours vêtu de la même façon, Jacques, un peu Humphrey Bogart, chapeau et tout, comme sur tes photos d'il y a trente ans?

— Je ne sais pas. Fidélité, je suppose. Ou l'illusion de ressembler toujours à moi-même. Ou bien, astucieusement, cette recherche de je ne sais quoi de démodé qui lance une mode. Any more questions?

Elle m'observait d'un œil critique.

— Je ne sais si je t'aurais aimé, si tu avais trente ans... Tout cet avenir devant toi m'aurait fait peur... C'est un peu méchant ce que je viens de dire?

— Non. C'est un fait qu'il nous reste très peu de temps...

J'ai dit tranquillement .

— Il faut mettre les bouchées doubles.

Mon regard errait au-delà d'elle, au-dessus de l'horizon. Je cherchai les châteaux, il y en a toujours un qui vous attend à un tournant. Je ne sais pourquoi j'éprouvai le besoin de pierres solennelles. Il n'y avait là que des bancs de sable avec leur air ventru de poissons hors de l'eau. Parfois, au-delà des coteaux, le bout d'un clocher qui parlait de tombes très humbles. Je me mis debout, pour voir plus loin, mais il n'y avait rien.

Je ramais ainsi debout, vers Laura qui reculait toujours. La lumière pâle avait avec elle des accointances transparentes, des complicités de femme, de douceur et de blancheur, l'eau cédait à la barque avec bienveillance et le sillage se refermait derrière nous comme un rideau qui tombe. Il n'y aura pas de trace. Tout à l'heure, le tournant et l'auberge. Un gîte d'étape. Il y avait sur une rive un cheval tout seul, tout gris, avec une longue crinière qui devait rêver de galops.

— C'est encore loin ?

— Je ne sais pas.

— Tu n'es pas fatigué ?

— Je suis increvable.

— Qu'est-ce que tu regardes ?

— Le château.

Elle se tourna vers la ligne du ciel.

— Il n'y a pas de château.

— Il y en a toujours un. On ne peut pas sans ça, sur la Loire. Mais au fond, ce n'est peut-être pas la Loire du tout... Nous nous sommes peut-être perdus et c'est quelque part ailleurs... Je ne sais où...

Elle ne riait pas. Peut-être étais-je trop pâle et que je ramais trop rageusement, debout, avec mon vieux costume démodé et mon chapeau de Chicago.

— Jacques, qu'est-ce que tu as ?

— Rien. J'ai envie de mes manoirs et de mes châteaux ; figure-toi que je ne les ai jamais vus, mes châteaux de la Loire. Je ne reviendrai plus jamais ici, c'est trop près...

Je récitai :

O saisons, ô châteaux,
Quelle âme est sans défaut
O saisons, ô châteaux,
J'ai fait la magique étude
Du bonheur que nul n'élude...

Je laissai tomber les rames et m'assis, la tête entre les mains.

— C'est à contre-courant, dis-je. C'est toujours à contre-courant, quand on doit ramer J'aurais dû te rencontrer quand j'avais dix-sept ans et t'offrir un cornet de glace place de la Contrescarpe...

Elle se leva et vint s'asseoir près de moi ; les rames traînaient et avaient l'air vides ; la barque s'en allait à vau-l'eau et tournait lentement sur elle-même : la vieille valse des esquifs à la dérive.

— Laura, je voudrais mourir bien avant de mourir mal...

— Picasso...

— Foutez-moi tous la paix avec Picasso et Pablo Casals, ils avaient trente ans de plus que moi et, à cet âge-là, il est plus facile de mourir vieux. Et puis, qui est-ce qui te parle de mort ? Je te parle de façon de mourir, ça n'a vraiment aucun rapport avec la mort !

Je sentais des gouttes de sueur froide sur mon front et elles ne devaient rien à l'effort. Je sentais le courant qui m'entraînait lentement et je savais dans quelle direction, et il ne s'agissait pas de la Loire.

Je ne l'ai pas vu venir Il a dû sauter à bord

silencieusement, avec une force et une aisance que connaissent tous ceux qui ont fréquenté les arènes d'Andalousie. Il se met aux rames et ses mouvements sont à la fois amples et faciles; il ne me quitte pas des yeux, attendant mes ordres. Pas trace d'arrogance, encore moins de complicité : je ne l'aurais pas toléré et l'aurais aussitôt fait disparaître dans les limbes. Non : rien que la disponibilité, l'empressement et l'obéissance. Un de ceux qui sont venus de loin pour accomplir à notre place ces basses besognes dont la vieille Europe ne veut plus se charger. Je le vois clairement et je remarque une fois de plus combien tout en lui nous est étranger, depuis l'orient des yeux et les joues creusées sous les pommettes de leur ombre asiatique, jusqu'à la moue des lèvres où la jeunesse frémit de ses avidités premières et de ses désirs impérieux. Je lui fais signe et, d'un coup de rame, il pousse la barque dans le sable. Laura se lève : elle ne lui a même pas accordé un regard. Je lui donne la main et l'aide à descendre. Ruiz nous a précédés et attend. Il sait que j'ai échoué tout à l'heure, que j'ai manqué de vigueur et d'élan et il ne demande qu'à m'aider. Il porte un maillot de corps blanc et son pantalon de cuir noir. D'un geste, il se prépare, avec une brutalité et une franchise animales, pendant que Laura s'agenouille devant lui et que mon sang fouetté par le dégoût et la haine à la vue de cette ignoble vidange me soulève et me gonfle d'une ardeur meurtrière. Je ferme les yeux, pour mieux les voir tous les deux, et je tiens tendrement Laura dans mes bras, mes lèvres sur les siennes, pendant

142

que Ruiz s'acharne sur elle sous mes paupières baissées avec la rancune furieuse et futile de ceux qui ne peuvent rien salir, rien profaner.

J'entends contre mon cou la longue plainte de Laura.

La barque échouée murmure au gré des vagues. Le crépuscule glisse à lents tirs de grisaille. Dans les roseaux quelque chose grignote. Encore une dernière libellule. Brume. Mon cœur bat doucement comme un souvenir. Je vois passer sous mes paupières un vol d'oies sauvages de mon enfance. Il n'y a pas grand mal. Une odeur de fumée et sans doute un village. La barque a les bras ouverts. Je prends Laura par la main et l'aide à se relever. Nous avons encore un avenir ensemble.

XII

Le plus difficile était de m'oublier. Mon imagination appelait l'épreuve parce qu'elle la redou-
tait. Je cherchais à me surpasser par anxiété, pour
me prouver que tout était encore possible, et je ne
pouvais m'étendre auprès de Laura sans me
sentir « obligé » et sans me mettre aussitôt à
solliciter mon éveil. C'est ainsi que nous nous
étions laissé prendre tous les deux dans un piège
où se mêlaient ma crainte d'une abstention par
trop prolongée et flagrante et la tendresse de
Laura. Je lui avais parlé une ou deux fois de mon
« angoisse vespérale » et bien que ce fût toujours
sur un ton léger et moqueur qui désamorçait
l'aveu, elle ne pouvait ignorer entièrement ce qui
me hantait et dont ni elle ni moi n'osions parler
franchement par peur du définitif. Mais la part de
l'incompréhension, naturelle chez une très jeune
femme devant ce qui est pour elle comme les
plantes et le soleil, un chant spontané de la terre,
poussait Laura à une véritable lutte contre les
limites de mon corps pour me prouver très
tendrement que je n'étais nullement en fin de

vigueur et peut-être aussi pour se rassurer elle-même. Car j'avais sans doute et bien malgré moi éveillé en elle un sentiment d'insécurité, de culpabilité et de perte de valeur, la crainte de ne pas être assez excitante qui n'est jamais trop difficile à susciter chez la millénaire servante de l'homme et qui est une telle bénédiction pour les virilités approximatives, lorsqu'il s'agit d'inverser les responsabilités et de sauver l'honneur. Si bien que mon acharnement à nier l'œuvre du temps rencontrait chez Laura une complicité débordante...

Je dus me résigner à retourner chez Trillac. Le vieux médecin militaire me reçut avec un silence grave, en tortillant entre ses lèvres son éternelle Boyard maïs, en me serrant la main et en me donnant sur l'épaule une légère tape du genre « soutien moral ». Je me rappelai que c'était de cette manière que le toubib du maquis accueillait jadis des camarades qui avaient contracté une maladie vénérienne.

— Alors, toujours des douleurs ?

— Non, pas tellement... Mais vous m'avez parlé d'une série de piqûres... Je crois vous avoir dit la dernière fois que je souffre depuis quelque temps d'une baisse de la mémoire...

— De mémoire, oui, répéta-t-il avec conviction, comme si c'était lui qui me l'apprenait.

— Cela s'accentue depuis quelque temps, et comme j'ai besoin en ce moment de tous mes moyens... Les affaires sont devenues très dures, vous savez.

Il approuva fortement d'un geste de la tête.

— Oui, l'élimination des canards boiteux...

145

— Vous m'avez parlé d'extraits glandulaires...

— Ça donne parfois de bons résultats. Mais il ne faut pas vous attendre à des miracles.

— J'oublie les noms, les dates..

— Vous avez sûrement quelqu'un pour vous aider ?

Je le regardai avec stupeur.

— Pardon ?

— Déléguez, déléguez, cher monsieur. Les P.-D.G. l'oublient toujours. L'habitude de ne compter que sur eux-mêmes, et puis c'est l'infarctus. On devient généralement un grand patron après la cinquantaine, mais on ne veut pas déléguer. Pourtant, tout est là. Vous savez, Hendemann, qui a avalé toute la concurrence européenne ? Quelqu'un lui a dit à un dîner, devant moi, qu'il oubliait un peu ce qu'il devait à son jeune adjoint, un certain Moudard. « Reconnaissez que c'est Moudard qui a pratiquement tout fait. » Et Hendemann lui a répondu tranquillement : « Oui, mais c'est moi qui ai trouvé Moudard. » Il faut savoir se faire assister... Venez, je vais vous faire la première piqûre.

Il se leva et je le suivis.

— Il en faut trois. Le bras va se durcir, gonfler un peu. Évitez pendant quelques jours le poisson, les crustacés...

Il me fit la piqûre.

— Ça agit combien de temps ?

— Bof, vous savez... Ça dépend des individus. Quand ils sont complètement vidés...

Il haussa les épaules, agita la seringue.

— Enfin, deux ou trois mois, chez les sujets pas

trop diminués. On ne peut pas recommencer trop souvent, ça ne donne plus d'effets...

Il revint s'asseoir derrière son bureau et griffonna une prescription.

— La gérontologie est une science encore jeune, dit-il, et il sourit de ce bon mot qu'il devait ressortir plusieurs fois par jour.

C'était la première fois que j'entendais le mot « gérontologie » prononcé à mon propos.

Il me tendit la feuille.

— L'hermatox accélère la fabrication du sperme et le gratide facilite l'inondation des vaisseaux capillaires... A partir d'un certain âge, on ne sait d'ailleurs pas pourquoi, le sang ne les inonde plus convenablement... La verge ne se durcit plus comme avant. C'est ce que dans le langage militaire on appelle si bien « bander mou ».

— Je n'ai pas encore trop d'ennuis de ce côté-là, dis-je, en mettant l'ordonnance dans ma poche.

— Bravo. Eh bien, cher monsieur, gérez prudemment votre fortune... Au revoir, au plaisir... Revenez jeudi.

Je ne suis pas revenu. Des délais de grâce, trois mois, six mois... C'était absurde. Je ne pouvais l'accepter, l'envisager, compter. Il est bien connu, du reste, que la virilité, même déclinante, ne suit pas une ligne de baisse irréversible, régulière et continue. Il y a des rémissions. De toute façon, je me tirais encore d'affaire. Ce qui comptait, ce n'était pas mon plaisir, auquel je parvenais de plus en plus rarement, mais celui de Laura, et par la grâce même de mon ralentissement glandulaire, je pouvais encore durer le temps qu'il fallait pour que le doux « oh toi ! toi ! toi ! » vînt me rassurer sur mon œuvre virile.

Presque chaque fois, je faisais venir Ruiz. Il me fallait sous mes paupières ces images d'un mépris total pour la fonction primaire du corps : la bestialité foncière avec laquelle Ruiz utilisait Laura pour sa vidange enflammait mon sang par l'horreur même qu'elle m'inspirait. Jamais je ne lui permettais la moindre tendresse, la moindre douceur. Tout devait être obscène, car il ne fallait surtout pas qu'il y eût entre lui et toi, ma chérie, quelque soudain signe de complicité, ce qui m'eût été intolérable. Je devais demeurer maître de la situation : c'était pour moi essentiel. J'avais eu le soin de traiter dès le début notre exécuteur des basses œuvres avec autorité et rudesse, afin d'exclure toute tentative de familiarité et d'emprise de sa part, et il avait pris le pli très rapidement, sachant fort bien qu'à la moindre velléité d'arrogance ou ne serait-ce que d'indépendance de sa part, il perdrait immédiatement toute existence et se trouverait relégué dans l'anonymat de ces immigrés clandestins toujours à la merci d'une expulsion. Je m'assurais, chaque fois que je faisais appel à ses services, qu'il n'y avait pas trace sur son visage d'une expression qui eût été blessante pour Laura ou pour moi-même, et surtout, qu'il se gardait bien de porter sur moi un jugement que je n'eusse pas toléré. Ce n'était qu'un officiant. Il nous aidait à nous débarrasser de notre servitude physique et à nous rejoindre au-delà de toute limite du corps dans une tendresse enfin libérée de notre valetaille physiologique. Ai-je besoin de dire que Laura ignorait tout de mes phantasmes ? Il s'agissait là d'expédients qui ne tiraient pas à conséquence et auxquels bien des hommes et des femmes ont recours dans le secret des yeux fermés. Je ne faisais que prendre une assurance sur l'avenir, et l'existence de cet ultime secours, qui demeurait dans mon esprit entièrement théorique, me rassurait profondément. Elle me redonnait confiance, mes appréhensions, mes anxiétés diminuaient. Mais il s'est passé quelque chose d'étrange : Ruiz commença à se dérober, à manquer de réalisme. Je ne parvenais pas à l'évoquer avec une force, une présence suffisantes. A plusieurs reprises, il refusa même de venir. Je me plus alors à imaginer que c'était sans doute un professionnel qui exigeait d'être payé. Sa véritable nature vénale devait être si forte que, par le jeu de quelque obscur pouvoir psychique, elle renâclait à se plier gratuitement à mes phantasmes. Il commençait à s'estomper : déjà, j'étais obligé de faire des efforts de mémoire. Je refusais, bien sûr, d'admettre l'évidence : dans ces labyrinthes où le subconscient mène la ronde et nous donne des ordres, j'effaçais délibérément Ruiz de ma mémoire, parce que le réalisme ne me suffisait plus et qu'il me fallait la *réalité*. Je ne pouvais l'admettre. L'homme que je fus ne pouvait avoir changé aussi profondément. Oserais-je dire ici, au risque de faire rire, car nous sommes en 1975, que je me faisais une certaine idée de la France, la même

149

qu'en 1940, et que l'idée de m'encanailler pour m'arranger avec le déclin, avec l'impuissance, avec ma fin de vigueur et de ressources physiques à n'importe quel prix d'acceptation et de bassesse ne pouvait me venir à l'esprit ? Il était néanmoins évident que Ruiz attendait quelque chose de moi ou moi de lui, ce qui revenait au même, et que nos rapports avaient atteint ce point où ils devaient être rompus ou consolidés. Mon imagination avait besoin de recharger ses batteries. C'est ainsi que je me suis mis à fréquenter la Goutte-d'Or. Je me disais que Ruiz n'était pas irremplaçable et que parmi tous ces visages africains, noirs et arabes du grand réservoir parisien de main-d'œuvre étrangère, mon imagination — et mon imagination seule — ne pouvait manquer de trouver sa pâture. Je marchais parmi les Maliens, les Sénégalais, les Nord-Africains, et je souriais en pensant à tout ce que notre économie leur devait. Je n'éprouvais jamais la sensation de courir un danger quelconque — et je ne parle pas ici, bien entendu, de quelque agression venue de l'extérieur, mais d'une certaine tentation que j'aurais pu éprouver de me détruire moi-même...

Parfois, on me faisait des propositions. Une fille, un garçon... Rarement. J'ai un mètre quatre-vingt-cinq et un sourire assuré qui ne manque de rien. Une fois, un homme me mit la main sur l'épaule :

— Tu veux acheter une arme ? J'ai tout ce qu'il faut. Même mitraillette.

J'ai dit non, merci, pas en ce moment. Mais je fut assez content d'avoir encore cette tête-là.

150

Je songeais à faire un grand voyage avec Laura. Aller très loin, le plus loin possible de nos habitudes et de nos préjugés, dans une région du monde qui nous changerait de nos cartes routières et des itinéraires recommandés. La tentation de se fuir en prenant l'avion fait depuis longtemps partie de nos inventaires psychologiques soigneusement répertoriés mais je ne crois pas que ce fût mon cas. Non, c'était plutôt une question de... de regards. Il me fallait autour de moi des regards auxquels j'eusse été totalement étranger, c'est-à-dire incompréhensible. Un berger du Mali, un Indien des Andes me regarderaient, de toute façon et quoi que je fasse, comme une bête étrange. Quel que fût le jugement qu'ils porteraient sur moi, il y entrerait toujours beaucoup plus d'incompréhension que de méprisante certitude...

Je ne pouvais cependant songer à quitter la France avant d'avoir réglé mes affaires et, en attendant de pouvoir entraîner avec moi Laura dans ce grand voyage, je l'invitai un jour à m'accompagner dans ce quartier de Paris qui nous parle si fort d'ailleurs et dont elle ne soupçonnait pas l'existence.

J'avais laissé ma voiture rue Lange et nous marchâmes à pied jusqu'au boulevard. Nous étions fin mai. Laura portait une blouse couleur d'ambre, des denims blancs et son chapeau du bord de la Loire. Ses seins et ses hanches se dessinaient avec cette évidence qui sied si bien au printemps de Paris. J'aurais dû lui dire de s'habiller autrement, puisqu'on allait à la Goutte-d'Or. La plupart des travailleurs étrangers qui habitent le quartier sont musulmans et encore trop profondément traditionalistes dans leurs rapports avec le corps féminin pour ne pas ressentir comme une provocation ou même comme une invite une tenue aussi éloquente. Mais ce ne fut pas la façon dont les Arabes et les Noirs regardaient Laura qui me fut intolérable : c'était les regards qui se posaient sur moi. Ils étaient chargés de je ne sais quelle vieille et moqueuse connaissance. C'étaient des regards qui *savaient* — et qui étaient irréfutables.

Je pris Laura par le coude.

— Allons-nous-en, vite.

— Qu'est-ce qu'il y a ?

— C'est insultant..

— *Quoi ?*

Je me rattrapai :

— ... Insultant pour eux. Raciste. Nous sommes ici en voyeurs...

— Mais pourquoi es-tu venu ici, alors, Jacques ?

— Parce que je ne savais pas qu'ils avaient l'habitude...

— Je ne comprends rien.

— Tu ne vois pas comment ils te regardent ?

— Non. D'ailleurs, c'est plutôt toi qu'ils regardent...

— Justement. Ils ont l'habitude.

— L'habitude de quoi ? Veux-tu m'expliquer pour l'amour du ciel ce qui se passe ? Qu'est-ce que tu as ?

Je m'arrêtai.

— Le racisme. Tu sais ce que c'est?

— Mais...

— Le racisme, c'est quand **ça** ne compte pas. Quand ils ne comptent pas. Quand on peut faire n'importe quoi avec eux, ça ne compte pas, parce qu'ils ne sont pas *comme nous*. Tu comprends? Ils ne sont pas des *nôtres*. On peut s'en servir sans déchoir. On ne perd pas sa dignité, son « honneur ». Ils sont tellement différents de nous qu'il n'y a pas à se gêner, il ne peut y avoir... il ne peut y avoir *jugement,* voilà. On peut leur faire faire n'importe quelle basse besogne parce que, de toute façon, le jugement qu'ils portent sur nous, ça n'existe pas, ça ne peut pas salir... C'est ça, le racisme.

Elle avait cessé de m'écouter et regardait par-dessus mon épaule. Je pivotai sur moi-même, les poings serrés. Un Nord-Africain. Il nous suivait depuis nos premiers pas dans la Goutte-d'Or. Il *me* suivait, plutôt. Son regard ne m'avait pas quitté une seconde. Ni son sourire. Il nous offrait ses services. *Moi baiser ta femme si tu veux. Moi grosse queue. Tu pourras regarder. J'y ferai à ta place, si ti veux. Tu cherches quelqu'un pour baiser ta femme, je sais, je connais.* Il ne disait rien. C'était moi, Jacques Rainier, qui puais ainsi, ce n'était pas lui. Il devait avoir trente ans, mince, vêtu de jeans à fesses bien serrées. Une calotte rouge et jaune. Il était là chez lui. Je veux dire, il était chez lui *en moi.* Peut-être vivait-il de ça. Pas des femmes. Des maris. L'exploitation du prolétariat étranger prend parfois des formes intéressantes pour les exploités. Et à partir du moment où vous êtes habitué à être exploité, vous finissez par tirer parti de l'exploitation. Vous exploitez l'exploitation.

Je sentis sur mon épaule une main amicale.

— Allons, allons, monsieur...

Un Noir, qui devait bien avoir accumulé cent kilos de bonne vie, s'interposait aimablement. Il venait de sortir d'un restaurant et avait une de ces têtes où tout va pour le mieux dans le meilleur des mondes.

— Allons, montez vite dans mon taxi... Vous n'allez pas faire le coup de poing devant madame...

Je fis monter Laura et me retournai. Le Nord-Africain s'était appuyé nonchalamment contre le mur et continuait à me sourire.

— Vous savez, il ne faut pas leur en vouloir... Ils n'ont pas d'éducation, ici... Et les Arabes, ça respecte pas la femme... Vous êtes touristes ?

— Yes, dis-je.

— Vous devriez aller faire un tour chez moi, à la Martinique. Vous serez bien reçus. Chez nous, là-bas, il y a encore les bonnes manières. On est encore très vieille France, là-bas. Vous connaissez cette expression « vieille France » ?

— Non, dis-je. Nous sommes étrangers. Scandinaves.

— Vieille France, c'est comme autrefois. Un peu vieux jeu, quoi. A la Martinique, nous chantons encore des chansons du XVIIIe siècle. C'est bon enfant, chez nous. Vous allez où ?

Laura se taisait. Il y avait des larmes toutes prêtes, indignées, l'incompréhension, ma cruauté,

154

l'injustice. Les signes extérieurs de la fureur et de la rancune que j'éprouvais à l'égard de moi-même étaient ceux d'une dignité hautaine qui paraissait se référer aux plus hauts principes bafoués.

— Nous avons maintenant de très bons hôtels à la Martinique et puisque vous êtes globe-trotter, monsieur, vous devriez aller faire un tour chez nous, parce que là-bas, il y a encore la joie de vivre...

En descendant, je lui donnai un bon pourboire, je me penchai sur lui et je chantai :

Adieu madras, adieu foulards...

et j'eus la satisfaction de laisser derrière moi un folklore légèrement désorienté.

Je savais bien que ça allait sauter mais je pensais que nous allions tenir tous les deux jusqu'à l'ascenseur. Mais il y avait des semaines déjà que je me devenais chaque jour plus étranger et dans un couple, rien n'est plus inhumain — ou plus humain, car malheureusement cela revient parfois au même — que d'exiger de l'autre une patience et une tolérance que l'on n'a plus à l'égard de soi-même. Je tendais la main vers la clé lorsque je saisis sur le visage du concierge cette soudaine absence d'expression qui est toujours le signe d'une profonde émotion hôtelière.

Laura pleurait. Il y avait autour de nous de gros cigares, des diamants aux doigts et toute la paix de l'esprit des coffres-forts en Suisse, et l'on nous regardait avec désapprobation comme pour faire sentir à la direction que ce palace était mal surveillé et que tes larmes, Laura, auraient dû emprunter l'escalier de service.

— Qu'est-ce que je t'ai fait, Jacques? Pourquoi es-tu comme ça?

— Ma chérie, ma chérie...

Tu sanglotais dans mes bras et on évitait de nous regarder : le savoir-vivre...

— Viens, Laura, ne pleure pas ici, je veux avoir ça pour moi seul...

— Mais parle-moi, Jacques! Parle-moi *vraiment!* Tu n'es plus le même avec moi! On dirait que je te fais peur, que tu m'en veux...

— Évidemment, je t'en veux; si je ne t'aimais pas, je serais tellement heureux avec toi!

— Je veux que tu me dises...

— ... Mais je t'aime, je t'aime et alors... je ne veux pas finir!

— Tu ne vas pas mourir!

— Je n'ai pas dit mourir, j'ai dit finir... Il y a des hommes qui meurent et puis qui continuent à vivre par n'importe quel moyen...

— Oui, monsieur, ce sera fait, monsieur, dit le concierge que je connaissais depuis trente ans mais qui s'adressait à quelqu'un d'autre.

— Tu m'en veux parce que je suis trop jeune et que je t'irrite, c'est ça?

— Laura, allons-nous-en, il y a des Japonais, ils vont sortir les caméras, ils font toujours ça quand il y a un tremblement de terre... Jean, je suis désolé ..

— Moi aussi, monsieur Rainier. Mais que

voulez-vous, on n'y peut rien. Shakespeare a dit :
« Il faut s'y faire. »

Laura s'essuyait le nez.

— Il a dit ça, Shakespeare ?

— Je ne sais pas, mademoiselle, mais nous
sommes un des meilleurs hôtels d'Europe, alors
ça oblige !

Elle se cachait un peu dans mes bras. Je ne
sentais plus contre ma poitrine ces battements
d'oiseau captif. Je n'osais pas m'écarter pour ne
pas avoir l'air de m'éloigner d'elle. Son regard
chercha le mien et, devant tant de désarroi, il n'y
avait plus d'humour qui tenait, il n'y avait plus
aucune aide.

— Tu ne m'as pas répondu, Jacques. Qu'est-
ce qu'il y a ?

— Je suis en train de me noyer.

— A cause de moi ?

— Mais non, ne dis pas de bêtises... Tout ce
que j'ai bâti dans ma vie est en train de se
défaire... le mois prochain, je ne sais même pas si
je pourrai faire face aux échéances...

— Mais je croyais que tu allais tout vendre
et...

— Oui, eh bien, ce n'est pas si facile... Et puis,
quoi, je suis comme tous les autres, je crois que ça
va redémarrer... Avec un peu de ténacité, un peu
d'imagination... Après tout, c'est ce que le gouvernement ne cesse de nous répéter...

Vas-y, pensai-je. Triche. Mens jusqu'au bout.
Il n'y a d'ailleurs rien de tel que la vérité pour
aider à mentir.

— Cette saloperie de crise est arrivée au plus

mauvais moment, alors qu'on était déjà à bout de souffle... Ça fout le camp de tous les côtés... Je sais que je ne suis pas le seul, je sais... C'est un changement dans l'équilibre du monde. Mais c'est dur. C'est dur de renoncer, d'accepter sa dépendance, dire adieu à toute son histoire, à tout ce qu'on a été... C'est un peu comme si je devais te quitter parce que je ne te mérite plus...

— Tais-toi ! Tais-toi !

— Ne crie pas, on n'est pas chez les pauvres... Jean, la clef s'il vous plaît.

— Je vous l'ai déjà donnée, monsieur Rainier.

— Jean et moi, on se connaît depuis trente ans. Depuis la Libération de Paris, exactement.

— Nous nous connaissions beaucoup mieux alors, mademoiselle, parce que nous étions jeunes. La part de l'inconnu et de l'incompréhensible dans chacun augmente considérablement avec le nombre d'années...

— Goethe ?

— Goethe, monsieur. Trois étoiles.

— J'essaie seulement d'expliquer à mademoiselle de Souza que la crise m'a pris à la gorge mais que je refuse de me reconnaître vaincu. Et ne m'appelle pas monsieur.

— Bien, mon colonel. Vous avez déjà essayé les Arabes ?

Je le regardai fixement.

— Qu'est-ce que ça veut dire ?

— Vous avez déjà essayé de contacter les Arabes ?

— Pourquoi veux-tu que... ?

— Ils ont des moyens, en ce moment.

158

— Non, moi, c'est plutôt les Allemands ou les Américains... Mais j'essaie encore de tenir. Et la conjoncture va peut-être changer. Plus de trente milliards de livraisons à l'Iran, ils vont peut-être m'acheter mes Montaigne et Rabelais. La vieille Europe est peut-être essoufflée, mais il nous reste le génie, Jean, il nous reste le génie. Nous n'avons pas de matières premières, mais s'il est des ressources que nous n'avons pas encore épuisées, ce sont celles de notre rayonnement spirituel...

Je tendis la clé à Laura.

— Tu vas te changer? Nous allons chez les Willelm. Je t'attendrai ici.

— Je voudrais te parler, Jacques. Mais pas ici. Je voudrais te parler *vraiment*...

Il y avait du monde dans l'ascenseur.

Un long silence dans le couloir.

De nouveaux bouquets de fleurs, dans le salon.

— Je sais que tu as des soucis.

— Je ne devrais pas en avoir quand je suis avec toi.

Elle se jeta dans un fauteuil.

— Tu parles trop bien, Jacques. C'est ta façon de t'éloigner.

Des roses blanches, derrière elle. D'une blancheur bien soignée et froide de cygne. On les appelle des Reine Christine. La reine Christine de Suède, sans doute. Mais pourquoi?

— Tu veux me quitter? Il ne faut pas avoir peur de me faire très mal. Je ne te veux pas sans amour, Jacques. Si c'est fini... Ça se dit très simplement : c'est fini.

Une voix tranquille. Presque un sourire. Des

159

lueurs très douces dans les yeux. Crever. Crever une fois pour toutes.

— Non, ne pleure pas, Jacques. On dit chez nous que les larmes ne font que passer.

— Ce n'est rien, ma chérie. C'est seulement l'adolescence. Je fais une crise de puberté. C'est très fréquent, vers la soixantaine.

— Je t'ai déjà vu pleurer. L'autre nuit, tu faisais semblant de dormir et il y avait des larmes qui coulaient, et d'ailleurs tu souriais... Tu as beaucoup d'humour, Jacques.

— Ah bon. Je pleurais en souriant. Je me voyais probablement très clairement, les yeux fermés, et c'est toujours du plus haut comique. La lucidité est une des grandes sources méconnues du rire. Les prises de conscience, ça peut être d'un drôle. Il n'y a que les fleurs qui sentent bon sans savoir pourquoi...

— Je me suis penchée sur toi et j'ai essuyé tes larmes. Comme ça, il ne restait que le sourire.

— Tu aurais dû l'essuyer aussi...

— Et puis, tu as murmuré un nom... Un nom espagnol... Ruiz ? Luis ?

J'étais pétrifié d'horreur.

— Je te jure que je ne connais personne de ce nom.

— Et tu as dit : « Non, jamais, je ne veux pas... » Avec des larmes. Pourquoi ?

— Je ne sais pas. Je faisais probablement un cauchemar. Je rêvais peut-être que j'étais un enfant, que je m'étais perdu dans la forêt la nuit, et j'avais peur. J'imagine que lorsqu'un homme

160

pleure, il y a toujours un enfant qui se paume quelque part...

Je t'ai serrée contre moi, très fort, comme un homme qui demande aide et protection à une femme. Et toujours ce besoin anxieux de me rassurer... Tu retiens ma main.

— Non, non, Jacques... Il ne faut pas... Comme ça seulement.

— Oui, ma chérie. Comme ça seulement.

XIII

A chaque jour qui passait, je sentais se rapprocher l'heure de ce que j'avais déjà appelé la « solution finale ». A plusieurs reprises, je fus sur le point d'en parler à Laura. Il nous fallait Ruiz. J'avais essayé de le remplacer par le Nord-Africain de la Goutte-d'Or, mais il était trop misérable, trop trottoir. Avec l'Andalou, c'était tout autre chose. Sans doute le souvenir du couteau appuyé contre ma gorge y était-il pour beaucoup. S'il était possible de s'orienter avec clarté dans les ténèbres de l'inconscient, il n'y aurait pas d'inconscient. Peut-être aussi ne voulais-je pas chercher à élucider pourquoi la petite crapule nord-africaine, avec sa disponibilité insolente, répugnait à mon imagination. Je crois que certaines attitudes et habitudes de pensée, plus délibérées qu'authentiques, m'interdisaient, même dans la solitude des phantasmes, d'utiliser un Arabe ou un Noir à cette besogne, par une sorte de pudeur idéologique et presque politique où se mêlaient les souvenirs du colonialisme, de la guerre d'Algérie et par ce qu'un tel appel à une

162

« bête sexuelle » avait de typiquement raciste à mes propres yeux. J'avais encore de ces soucis d'élégance intérieure et libérale. A moins qu'il n'y eût là tout au contraire un refus de me laisser assister par un de ceux qui nous avaient après tout vaincus, ceux que dans les obscurités de mon psychisme je considérais non sans ressentiment comme nos successeurs historiques, et que l'inquiétude, consciente ou non, du vieil Occident face à la montée puissante de nos anciens soumis ne tînt une place intéressante dans mon choix de remplaçant. Il me fallait Ruiz. Non, bien sûr, qu'il fût des nôtres, mais parce qu'avec ceux de Grenade et de Cordoue, il y avait déjà dix siècles que l'Europe avait rencontré ses vainqueurs. Le sang des Maures était déjà là chez lui. Je pense aussi qu'il y avait dans mon choix de Ruiz une part d'étrangeté. Je ne sais si mon imagination avait continué à œuvrer à une apparition que je n'avais après tout fait qu'entrevoir au milieu de la nuit et dans la petite lueur d'une veilleuse, ou s'il était vraiment tel que je le voyais dans les bras de Laura, mais je ne me souvenais pas d'avoir jamais contemplé un visage et un corps d'homme avec un tel regret de ne pas pouvoir me l'approprier S'il m'était permis de « redevenir », c'est ce article-là que j'aurais choisi. Jamais je n'avais vu un visage aussi proche à la fois de la sauvagerie primitive et de la finesse frémissante, où chaque trait paraissait l'effet de quelque souci d'ultime équilibre entre la force brute et l'émotivité. Figé en plein bond, tendant vers ma gorge un couteau prometteur, la peur donnant à l'expression une vulnérabilité qui en accentuait encore l'extrême jeunesse et que ne parvenait à cacher ni la moue dure des lèvres ni le féroce froncement des sourcils noirs et comme prêts à l'envol, il était vraiment un de ceux qui fécondent de beauté les races futures.

Je revenais donc souvent errer à sa recherche à la Goutte-d'Or. Je continuais à me dire que j'avais besoin de renouvellement, de dépaysement, d'ailleurs, mais je commençais à être trop renseigné sur moi-même. Je cherchais Ruiz. Non que j'eusse l'intention de l'aborder pour lui proposer de me servir, car un tel arrangement eût exigé de la part de Laura un dévouement, une compréhension et un mépris de l'acte charnel dans ce qu'il a de plus animal que je ne pouvais demander à une très jeune femme encore si soumise aux conventions, tabous et clichés de comportement d'une société qui s'était toujours montrée incapable de libérer l'amour de la sexualité. Je ne méritais pas une telle preuve d'abnégation et d'amour. Je prétendis alors — bien sûr, avec humour — que mon imagination allait au ravitaillement à la Goutte-d'Or pour parer à l'usure et à ses états de manque et que c'était, en somme, à l'approche du soir, cette « heure tranquille où les vieux lions vont boire ». Je me disais que si j'avais quelque chance de retrouver Ruiz, c'était là, dans cette foule venue d'Algérie et d'Afrique noire et dont la vieille Europe avait un tel besoin.

Je ne le trouvais pas. Il y avait parfois un visage, un corps, un air de jeunesse farouche, la dureté menaçante d'un regard qui me prenaient à la gorge et m'emplissaient de je ne sais quelle anticipation, nostalgie ou envie de finir, mais ce n'étaient que de brèves et fugaces approximations. Elles me redonnaient cependant de l'espoir, car parmi ces millions d'hommes que nous avions fait venir pour nous servir, pour assumer nos tâches les plus ingrates et nous libérer des besognes physiques ancestrales astreignantes et par trop primaires, il y avait une telle abondance et une telle disponibilité qu'il devait être facile de noyer le souvenir de l'Andalou dans cet océan de vigueur — et de trouver quelqu'un d'autre.

Je tentai de me retenir. J'allai parfois revoir Mingard, sous divers prétextes. J'avais lu le livre de Stein, *Races et Phantasmes;* j'en avais acheté les droits et je demandai à Mingard une préface. J'étais toujours rasséréné par une demi-heure passée en compagnie de ce très vieil ironiste qui avait établi avec le temps des rapports si courtois de coexistence pacifique. Il me dit, à propos de la préface :

— Stein a raison de souligner que les Occidentaux font très souvent appel à des Noirs ou des Arabes dans leurs phantasmes sexuels. Il est extrêmement douteux, par contre — bien qu'on ne sache presque rien là-dessus —, que les Noirs ou les Arabes livrent leurs femmes aux Blancs dans leurs vagabondages imaginatifs. Cela veut sûrement dire quelque chose, vous ne croyez pas ?

J'opposais au regard de cet être chétif et si pâle d'âge qui n'ignorait rien des tout-à-l'égout de l'âme un visage sans trace d'aveu. Je me demandais s'il me mettait en garde ou s'il méditait ainsi à haute voix sur la possession du monde. Car c'était bien de cela qu'il s'agissait : lutter jusqu'au bout et par n'importe quels moyens pour garder son bien, ne pas lâcher prise, et le refus de cette fatalité des choses qui ont fait leur temps, du déclin et de la main qui passe à laquelle ont toujours cherché à se soustraire toutes les puissances. Il y avait sur le visage du vieux chrétien impie une gaieté dont je ne savais si elle était un trop facile « tout est poussière » ou si c'était une expression que les ans avaient laissée là, en signe de soumission et de défaite, en humble hommage à tout ce qu'ils n'avaient pu entamer.

— Et comment vont vos affaires ?

Je haussai les épaules.

— Vous savez, j'ai déjà tout perdu une fois, dans ma vie, en 1956, il ne me restait rien, mais j'ai trouvé des capitaux étrangers et je me suis remis d'aplomb...

Je commençai à me montrer irritable avec Laura et il m'arrivait de surprendre dans son regard une expression d'imploration, une façon muette de me demander pourquoi qui m'emplissait de malheur. Je me surprenais parfois à lui en vouloir parce qu'elle n'était pas, comme tant de femmes que j'avais connues, particulièrement « commode », « facile » à satisfaire par le mâle défaillant, grâce au hasard physiologique d'une sensibilité uniquement extérieure. Le plus vieux système de défense des virilités amoindries...

Il me semblait que Ruiz s'estompait complètement dans ma mémoire et que mon imagination redevenait enfin disponible. Il me fallait quelqu'un d'autre. Et pourtant, j'étais hanté par le pressentiment, presque par la certitude, que l'homme au couteau sur ma gorge me cherchait, lui aussi, qu'il m'attendait, que nous devions nous rencontrer encore une fois, tous les deux, et qu'il nous fallait simplement un intermédiaire...

Lili Marlène, pensai-je. Et je demeurai un moment dans mon fauteuil à suivre en souriant la fumée de ma cigarette qui flottait, tournoyait et s'effaçait avec la lenteur des souvenirs...

XIV

Il me fallut fouiller longtemps dans mes vieux carnets pour trouver une adresse et un numéro de téléphone. Encore une amitié qui s'était perdue en cours de route. Plus de trente ans déjà...

Lili avait été un de mes agents les plus utiles pendant l'occupation allemande. A seize ans, elle faisait le trottoir rue du Cygne, aux Halles, et fut ensuite placée en « maison » rue de Fourcy, un bordel à quatre francs cinquante la passe plus cinquante centimes pour le savon et la serviette. Il y avait parfois dans la rue une file de cinquante ou cent chômeurs qui attendaient leur tour. Elle réussit à monter en grade : en 1942, elle travaillait chez Doriane, au 122 rue de Provence, une superbe fille blonde à cinquante francs. C'était Couzzins qui l'avait recrutée à titre posthume, en quelque sorte : il avait été son amant de cœur et elle était venue nous trouver après qu'il eut été torturé à mort par la Gestapo. Elle s'appelait Lili Pichon : c'était une époque où les soldats allemands qui allaient à la mort en Russie ou dans les déserts d'Afrique chantaient une romance triste,

Lili Marlène, et ce furent eux qui lui donnèrent ce surnom qu'elle justifia on ne peut mieux. Elle travaillait dans les boîtes de nuit et dans les bars, mais ne se contentait pas de cueillir des renseignements pour la Résistance : Lili Marlène emmenait les officiers SS, les hommes de la Gestapo et des miliciens « chez elle » — c'étaient des chambres que nous lui procurions — et là, au moment où son client était couché sur elle, elle leur perçait le cœur à travers le dos avec une longue épingle à chapeau qui ne la quittait jamais. Je m'étais toujours demandé si c'était par haine des nazis ou par haine du mâle...

Je rôdai un moment autour du téléphone, sans parvenir à me décider : les voyages sans retour font toujours hésiter un peu avant d'acheter le billet... Et puis, je n'avais pas revu Lili depuis quinze ans et je craignais qu'elle ne fût devenue moins dure et qu'elle n'eût pour moi un regard de pitié... Mais je me dis qu'une femme qui avait été prise par sept ou huit mille hommes ne risquait plus rien à cet égard. Et je n'allais pas lui demander de me trouver Ruiz ou de me procurer quelqu'un d'autre. Je voulais seulement... venir plus près. Frôler la réalité. Je suis resté longtemps à jouer avec mon briquet, à l'allumer et à l'éteindre, et ce fut un rien, un tout petit rien qui me vint en aide : alors que j'appuyais sur le ressort, la flamme refusa de jaillir. Il y eut une étincelle moqueuse, une autre, et puis rien...

J'appelai un taxi.

C'était à Montmartre, dans la Cité Malesherbes. Je regardai les noms sur les boîtes aux lettres : Mme Lili, premier à gauche. Je montai.

Ce fut elle qui m'ouvrit la porte et je la reconnus tout de suite, sans avoir à me livrer à ces reconstitutions où le regard doit faire appel à la mémoire et fouiller parmi les décombres. Elle n'avait pas vieilli beaucoup : la peau s'était un peu flétrie, c'était tout. Mais quoi, ç'avait toujours été un visage dur. Les femmes douces vieillissent toujours beaucoup plus mal que les autres. Un peu trop de maquillage, des paupières lourdement fardées de blanc et de mascara, mais c'était professionnel. Les clients aiment chez les maquerelles ces visages éloquents qui annoncent la couleur.

Elle tenait dans ses bras un petit caniche blanc.

— Entrez...

Elle se tut.

— Çà, par exemple ! dit-elle, et il y eut dans ses yeux d'un bleu très pâle une trace de respect qui allait à mes anciennes vertus militaires.

Nous nous effleurâmes les joues du bout des lèvres comme dans les restaurants chics.

— Vous n'avez pas changé.

— Vous non plus.

— C'est gentil d'être venu...

Il y avait une nuance d'attention dans son regard. Pas de curiosité : seulement d'attention. C'était depuis longtemps une femme sans étonnements.

— Je pense souvent à toi... Lili Marlène.

Elle eut un rire.

— Personne ne m'appelle plus comme ça.

Elle me fit entrer dans un petit salon sans fenêtre, tapissé de rose.

— Tu aurais dû me téléphoner, je t'aurais fait venir chez moi, j'ai un bel appartement... Ici, c'est pas pour y vivre... Excuse-moi, je vais dire aux filles d'aller ouvrir, si on sonne...

Il y avait sur la table un bouquet de fleurs artificielles et un tas de revues pornos aux feuilles déchirées. Je m'assis dans un fauteuil de peluche rouge. Je me sentais apaisé, rassuré : c'était bien un tout autre univers, celui des sanitaires et des misères corporelles. Cela ne pouvait salir rien de sacré. Je dois avoir un fond chrétien, après tout.

Elle revint, le caniche dans ses bras, et alla s'asseoir sur un sofa en face de moi. Le caniche était sur ses genoux. Elle le caressait machinalement et me regardait en silence, fixement. Ses grands yeux bleu pâle ne cillaient presque jamais et avaient un éclat de verre. Peut-être s'était-elle trop fait tirer la peau du visage. Je me taisais. Je ne savais plus pourquoi j'étais là. Je ne savais si c'était pour me renseigner, lui demander de me trouver quelqu'un ou pour prendre une assurance contre moi-même. Je n'avais pas cessé de sourire, bien sûr, et rien ne se voyait. Je sentis des gouttes de sueur sur mon front. Il n'y avait pas d'air.

— Ça ne va pas ?

— Le cœur, dis-je. J'ai le cœur trop solide. Tu sais, le genre de cœur qui ne sait pas s'arrêter à temps...

Dans les poches de mon imperméable, mes mains étaient moites.

— Depuis le temps qu'on ne s'est pas vus...

— Comment ça va, Lili Marlène?

— Je n'ai pas à me plaindre. Je suis protégée. Mais j'ai fait ce métier pendant trop longtemps, alors, parfois, je perds patience... Ce que je ne comprends pas, tu sais, c'est les hommes qui viennent ici, s'installent dans un fauteuil et parlent, parlent... Leurs affaires, leurs enfants... N'importe quoi. Ils ne peuvent plus, tu comprends, alors ils viennent ici pour l'atmosphère, pour se retremper dans les souvenirs, ils viennent ici pour pleurer sur leur tombe. Quand ils entendent le bruit d'un bidet à travers le mur, ils ont l'impression de revivre. Ils me font perdre mon temps et comme ce sont parfois des gens bien avec de grosses situations, je ne peux pas les mettre à la porte... Ou alors, ils me demandent des trucs, des remplaçants... Tu sais, quelqu'un qui ferait ça à leur place et ils regarderaient...

Je hochai la tête.

— Tss-tss. Et ça se trouve?

— J'ai toute une liste. Ce n'est pas facile, il faut des types sûrs, qu'il n'y ait pas de chantage, des histoires dans le genre de l'affaire Marcovitch... Les Yougoslaves, j'y touche plus.

— Où diable vas-tu les chercher?

— Les filles me les signalent... Et toi, ça va?

— Ça va.

Elle caressait le caniche, en me regardant. Puis elle le laissa tomber.

— Tu n'as besoin de rien?

— Non, merci. Je voulais te revoir, c'est tout.

Il fallait rester un moment encore, pour ne pas

avoir l'air de fuir. Elle m'observait en silence. Elle avait un regard qui connaissait les cachettes.

— Si tu as besoin de quelque chose... n'importe quoi.

Elle me sourit.

— Ça ne s'oublie pas...

— Non, Lili Marlène, ça ne s'oublie pas. Le passé...

— Le passé... Le passé et l'avenir. Ça fait parfois un drôle de couple.

Je me levai comme un homme qui avait dit tout ce qu'il avait à dire.

— J'aurai peut-être un service à te demander.

— N'hésite pas, mon colonel. Tu as été un type bien et si je peux t'être encore utile .. en quoi que ce soit.

Elle attendait.

— Rassure-toi. Je ne suis pas venu te demander un... remplaçant, tu sais. Pas encore, du moins...

Nous rîmes de bon cœur tous les deux.

— Mais j'aurai peut-être une chose assez difficile à faire et je crains de ne pas pouvoir compter sur moi-même. J'aurai alors besoin d'un coup de main, Lili Marlène... Un peu comme autrefois. Ne me demande pas ce que c'est, parce que je vais peut-être m'en tirer sans ça.

— Je ne demande jamais rien. Quand tu seras décidé...

— Oui, c'est ça. Quand je serai décidé. Je suis en ce moment un homme très heureux et ça rend les choses un peu... désespérées.

Elle caressait son caniche. Elle le faisait sans

arrêt. Caresser un chien, c'était peut-être sa façon de se laver les mains.

Je suis sorti de là aussi heureux que si j'avais déjà réussi à me débarrasser de moi-même. Je savais que s'il y avait un être au monde capable de me rendre ce service — par fidélité à ma mémoire, en quelque sorte, par fidélité au souvenir de celui que je fus autrefois — c'était bien cette femme qui m'avait dit, trente ans auparavant : « Les hommes viennent chez moi pour faire *pchitt*. Ils font *pchitt*, et puis ils s'en vont. C'est vite fait, un homme. » Je savais que le moment venu, elle n'hésiterait pas à m'aider à faire *pchitt*. Je tenais enfin ma solution finale.

J'allai rejoindre Laura dans un état de paix intérieure, presque de sérénité, que je n'avais plus connu depuis longtemps. Il ne restait plus trace de mes confuses rumeurs intérieures, de ces choses obscures, venues d'on ne sait où, qui se mettent à bouger en vous et à vous grignoter jusqu'à la paralysie de la volonté et l'acceptation, qui sont en même temps leurs propres excréments et leur nourriture. Je venais de prendre une assurance contre moi-même.

Je trouvai Laura parmi les disques et les livres qui jonchaient le tapis, véhémente, gesticulatoire, unissant dans l'expression de sa colère la Grèce antique, les ruelles de Naples et les favellas de Rio : je ne l'avais pas appelée depuis la veille. J'avais trop de plaisir à l'écouter dans ses débordements pour songer à l'interrompre. Toutes les musiques populaires se ressemblent, mais chez

nous, en Europe, les voix vivent plus de paroles
que de sentiments. Je m'abandonnai au plaisir.

— Je n'osais même plus quitter l'hôtel, j'attendais, j'attendais...

L'accent brésilien devenait toujours plus fort
lorsqu'elle parlait de ses joies et de ses peines.

— Je ne me suis même pas habillée, j'ai écouté
toute la journée la musique de mon pays pour me
prouver qu'il me restait encore quelque chose et
que je pouvais me passer de toi. J'ai lu la moitié
de *L'Archipel du Goulag* et je t'informe que tu as
passé trois heures dans un camp de concentration sibérien. Je te voyais à chaque page, derrière les
barbelés. Tu me suppliais, mais je suis restée
intraitable. Tu n'as pas idée de ce que tu as
souffert. Tu es un salaud — en France on dit je
crois « salaud intégral », c'est un pays qui aime
l'intégrité — et je t'ai fait porter des fleurs pour
mieux te le faire sentir et te faire honte. Si ça se
reproduit encore une fois, je fais mes valises. Je
fais mes valises et je te suis. Non, ne me caresse
pas les cheveux, je ne veux pas de susucre, je t'ai
déjà dit vingt fois que tu ne vas pas t'en tirer avec
un air paternel, j'ai déjà des parents, merci.
Merde et merde. Cela veut sûrement dire quelque
chose, même en français.

— Laura...

— Non, ne mens pas. Et tais-toi quand je
souffre. Tu sais quelle est la tragédie de la
France ? C'est que c'est un pays qui a eu une
influence énorme dans le monde entier... La
France a eu tellement d'influence qu'il ne lui en
est plus resté pour elle-même. Elle s'est dilapidée

en influences. Rien qu'en amour, on lui a tout pris, et maintenant, c'est tonton et mini-monnaie...

— Tintin et midi sonné.

— Tout ce que vous pouvez faire vous autres Français, c'est importer encore cinq millions de travailleurs étrangers pour qu'ils vous rendent vos influences...

Elle allait et venait pieds nus en peignoir bleu pâle, et sa chevelure grossissait à vue d'œil, comme toujours lorsqu'elle se mettait en colère. Mais je la connaissais trop bien et je l'aimais trop tendrement. Et je savais qu'elle n'était pas en colère mais qu'elle était désespérée et qu'elle me donnait là une parfaite imitation d'elle-même pour me rassurer. Et que tout à l'heure, moi aussi j'allais parler comme si rien n'était changé et comme si tout pouvait encore continuer comme avant, avec bonheur et rires. Lorsqu'elle s'arrêta devant moi, les yeux pleins de larmes, le visage bouleversé, avec cette expression d'abandon total et de désarroi qui réclamait des secours par hélicoptère, des paquebots détournés de leur route par le S.O.S. du naufrage, la proclamation de l'état d'urgence et un message rassurant du chef de l'État, je savais que nous jouions déjà à être nous-mêmes.

— Jacques, où as-tu été?

— J'ai pensé à toi toute la journée.

— Au lieu de venir? On va se mettre à avoir des rapports sadomasos, à présent?

— J'ai fait une expérience, je suis resté dans un bistrot et j'ai essayé de ne pas penser à toi. Je n'ai pas réussi et j'ai laissé cinq mille francs au garçon. Il m'a regardé avec méfiance, car il ne prêtait pas aux riches. Alors, je lui ai dit : « Je l'aime et je ne pourrais jamais accepter de vivre sans elle. » Et tu sais ce qu'il a fait, ce Français qui-a-tout-perdu-en-influences ? Il s'est mis à pleurer, il m'a rendu mes cinq mille francs légers, en disant : « Ah putain de merde, merci, monsieur, c'est bon de savoir que ça existe ! »

— Tu mens, faux jeton.

— Bon, ça ne s'est peut-être pas passé comme ça parce qu'enfin, cinq mille francs, c'est cinq mille francs, mais je te jure que c'est vrai, c'est comme ça que je le sens, et je n'ai même rien eu à payer !

Nous étions encore ensemble, mais déjà nous cherchions à nous retrouver.

XV

Il me reste encore quelques jours à peine dans cette course contre la montre que j'ai engagée. Je vais sceller ce cahier dans une enveloppe et l'enfermer dans le coffre du bureau où tu vas le trouver, Jean-Pierre, « selon l'usage antique et solennel ». Je tiens à préciser tout de suite que l'idée du suicide ne m'avait jamais effleuré et pour une raison bien simple, que comprendrait n'importe quel P.M.E. en difficulté financière : les assurances n'auraient pas payé. Je valais encore quatre cents millions et il ne pouvait être question de me gaspiller.

Je voudrais enfin dire que si j'ai droit à quelque sympathie, Laura, c'est seulement pour ce qu'il entrait d'amour dans ma peur de te perdre, et certainement pas pour la part de possédant. Je sais qu'elle est évidente, dans ces pages. Cela se sentait jusque dans mes rapports avec mon fils : une volonté d'être continué, là aussi, de ne pas me laisser entièrement dessaisir. Lorsque je constatai que les phantasmes ne pouvaient me suffire, je tentai de quitter Laura. J'avais cru remarquer que Jean-Pierre la regardait avec beaucoup d'amitié, peut-être même de tendresse. Et il me ressemblait tellement, mon fils : c'était, lui aussi, un homme qui ne cédait pas un pouce de terrain, comme tous ceux de notre lignée. On m'avait si souvent dit : « C'est vous, Jacques, trente ans plus jeune... » J'ai donc réuni Laura et Jean-Pierre à déjeuner chez moi. Il fallait donner une chance à la chance. Elle aime parfois un brin de racolage, un clin d'œil, un doigt de cour, et elle se montre souvent sensible à l'imagination. Je sentais que j'étais parvenu dans mes rapports avec Ruiz et avec moi-même à la limite du possible et j'étais prêt à m'incliner, pourvu qu'il y eût un signe bienveillant du destin. Je guettais donc, entre mon fils et Laura, un échange de regards ou un moment de silence un peu gêné, lorsque l'un découvre l'autre pour la première fois, un silence qui se prolonge un peu trop et que l'on interrompt avant qu'il ne devienne éloquent. Je ne sais ce que j'aurais fait si quelques semaines plus tard Laura m'avait dit : « Il faut que tu le saches. Jean-Pierre et moi, nous nous aimons. » Je pense que j'aurais été à la hauteur, car il y avait là une façon de finir qui offrait des possibilités idéales à l'ironie et à l'élégance, à la distinction des sentiments et à une certaine façon d'être quitté qui brise le cœur de ceux qui vous quittent. Peut-être aussi mettais-je obscurément Laura à l'épreuve, car pour l'entraîner aussi loin que j'étais prêt à aller sans me l'admettre à moi-même, il fallait être sûr de ne pas se tromper sur la profondeur du dévouement qu'elle me gardait. Laura fut avec Jean-Pierre d'un naturel si aisé et d'une telle indifférence dans l'amabilité que je me suis surpris dans une pensée trop connue pour que je ne la note pas ici, puisque les grands comiques se font rares sur nos écrans et que Charlie Chaplin lui-même n'a pas hésité à se faire anoblir : Laura devait trouver que Jean-Pierre était encore trop jeune pour elle : elle voulait sentir à ses côtés la présence d'un homme mûr et réfléchi, se laisser guider par une main expérimentée... Je ne pus m'empêcher de rire.

— Qu'est-ce que c'est que ce petit rire secret ? demanda Laura.

— Mon père a des rapports très moqueurs avec lui-même, dit Jean-Pierre.

— Ma chérie, j'étais en train d'arranger un mariage entre toi et mon fils...

— Mon Dieu, quelle horreur !

— Merci, Laura, c'est gentil, remarqua Jean-Pierre.

Je me remis à la sole.

— La peur de perdre, dis-je. Alors, on joue à devancer...

— Un autre trait de caractère de ce monsieur, dit Jean-Pierre. Il croit qu'il existe un art de perdre et qui s'appelle l'humour. Cela mène souvent à renoncer à la victoire par peur de la défaite...

— Ne me dites pas qu'en France aussi on divise les gens en « gagneurs » et en « perdeurs », dit Laura. Je croyais que c'était seulement en Amérique...

— Laura est adorable, mon cher père. Mais elle est faite pour la joie de vivre, pour la gaieté,

180

pour le bonheur. Tu penses bien que ce n'est pas avec ça que l'on peut fonder une famille...

— Il devient amer, dit Laura.

— ... L'autre jour, j'ai lu dans le journal une annonce « personnel » ainsi conçue : « Cherche une compagne dans la vie, connaissant bien comptabilité, problèmes d'estimations, bilans et gestion d'entreprise... »

— Ce n'est pas nouveau, dis-je. Ça a toujours existé.

— C'est peut-être une raison pour que ça cesse, non ? dit Laura.

— On peut, par exemple, considérer qu'un homme de mon âge n'est plus rentable, en termes d'investissements, pour une très jeune femme. Il n'y a plus assez d'avenir, plus d'épanouissement possible, plus de perspectives...

Laura se leva.

— Je vais vous laisser, puisque vous commencez à parler d'affaires...

Sa voix tremblait. Elle s'efforçait de sourire.

— Je vais lire Karl Marx à côté. A tout à l'heure. Au revoir, Jean-Pierre.

— Jette aussi un coup d'œil à *L'Homme unidimensionnel* de Marcuse et à Gramsci, dis-je. C'est sur le même rayon.

Je demeurais assis, les yeux fermés. Le silence avait cent ans.

— Ça ne me regarde pas mais ce n'était peut-être pas très nécessaire, dit Jean-Pierre.

— Bon. Ça va. Désolé. Alors, où en sommes-nous ?

— Je viens de parler deux heures avec l'avocat

de Kleindienst. Il a modifié son offre... Je t'ai fait un résumé.

Il prit un feuillet dans son portefeuille et le déplia : quelques lignes. Jean-Pierre est un maître de la concision. Je jetai un coup d'œil rapide aux chiffres et mis mon arrêt de mort dans la poche. Jean-Pierre m'observait.

— Alors ?

— Je vais réfléchir.

— Tu ne vas pas accepter, quand même ? Tu vaux deux fois plus à la casse.

— Pas sûr.

— Mais voyons ! Les terrains de Nantes, les bâtiments, machines et stocks... Il te prend à la gorge.

— Il est bien renseigné, c'est tout. Bien sûr, c'est moche. Mais on ne peut pas toujours finir en beauté...

— Nous pouvons tenir jusqu'en octobre. D'ici là, la conjoncture va peut-être changer.

— Elle ne changera pas, Jean-Pierre. Pas pour nous. Tu te souviens, « les canards boiteux » qui doivent disparaître ? Fourcade a officiellement décrété la survie des plus forts. Il a raison Pour faire face à la compétition, il faut des colosses... C'est l'âge des géants à l'échelle mondiale, la lutte pour la conquête des marchés... C'est l'Europe-puissance, quoi. Bien sûr, c'est du bidon, parce que toutes nos sources d'énergie, la quasi-totalité des matières premières — plus de quatre-vingts pour cent —, toute cette substance nourricière dont nous ne pouvons nous passer, ce n'est pas dans notre sous-sol qu'elle se trouve, c'est chez les autres, au-delà des océans, dans des pays si neufs que l'on en connaît à peine le nom... Mais on continue à faire « comme si » et à parler très haut de notre « indépendance... » L'illusionnisme, le bluff... Cet été, j'ai tourné le bouton de mon poste de radio et je tombe à Europe I sur une interview de Jobert. Le journaliste lui lance : « Mais enfin, à cette époque-là, vous étiez ministre des Affaires étrangères ! » Et Jobert répond : « Pardon, j'étais l'*illusionniste* qui était ministre des Affaires étrangères ! » C'est joli, comme aveu, non ?

Jean-Pierre ne me quittait pas des yeux. Je connaissais bien ce regard : il écoutait attentivement mon raisonnement, mais ce qu'il cherchait surtout à estimer, c'était mon degré de « fiabilité » psychologique...

— Je ne peux pas lutter contre les multinationaux. Je ne vois donc pas d'autre solution que d'accepter l'offre de Kleindienst. Sans quoi, le fonds de soutien va s'en mêler avant trois mois et reprendre l'affaire à un franc l'action. Et il y a une chose dont tu n'as pas tenu compte dans ton petit papier... Ce n'est pas un oubli de ta part, oh que non ! C'est de l'élégance : tu as pudiquement évité de mentionner mon assurance-vie souscrite par les trois sociétés. Ça représente quatre cents millions pour ta mère et toi...

Je me levai.

— Ça, c'est *ma* valeur à la casse !

Je l'accompagnai à la porte, traversai le salon et entrai dans la bibliothèque. Laura venait de partir : sa cigarette achevait de se consumer dans le cendrier. Je l'éteignis. A côté du cendrier, sur la table, un billet couvert de son écriture dansante... *Je sais. Je comprends. Et aussi qu'il ne sert à rien d'en parler, que ce sont des choses sans mots. Mais mon Dieu qu'est-ce que nous allons devenir, Jacques ? Je ne veux pas te perdre pour des raisons aussi... matérielles. Oui, physiques, c'est la même chose. Je soupçonne qu'il se mêle chez toi des questions d'orgueil, des questions de fierté, de dignité, et je te jure que je ne sais pas ce que ça veut dire, quand on aime. Je veux continuer à être heureuse avec toi au-delà de tout. Et d'ailleurs, qui te parle de bonheur ? Je te parle seulement d'amour. Ne me quitte pas pour ton image, Jacques, pour l'idée que tu te fais de toi-même. C'est trop impur. Ne me parle pas de cette lettre. Ne me parle pas de toutes ces choses. Je veux que tout entre nous soit au-delà...*

Je dégringolai l'escalier et sautai dans un taxi. Elle n'était pas à l'hôtel. Je fis le tour des boîtes brésiliennes où elle venait « boire » sa musique parfois. Je l'ai trouvée au Pango, assise dans un coin sombre, pendant qu'un Noir faisait pleurer le piano. Je ne dis rien, je m'assis à côté d'elle. Je lui ai pris la main, pour que les mots se taisent. Nous restâmes là jusqu'à l'aube, en écoutant la musique. Il faut un commencement à tout.

Je crois que nous aurions pu gagner encore quelques mois et que j'aurais peut-être même trouvé en moi assez d'amour et de vraie force pour te quitter, Laura, si la chance ne s'en était mêlée. Chance, destin, ironie du sort : peu importe le nom que l'on donne à cette petite monnaie que nous ont laissée les dieux grecs et à

184

ces entreprises de démolition dont chacun sait que nous n'en sommes point l'objet, puisqu'il ne saurait y avoir préméditation et dessein là où il n'y a rien et où tout nous ignore.

XVI

Il y avait plusieurs semaines que je remettais ma visite chez les Willelm, ce qui était de fort mauvaises manières. Henri Willelm m'avait à plusieurs reprises associé à ses contrats indonésiens dans des conditions avantageuses et je ne pouvais retarder davantage ma visite de politesse Laura avait refusé de m'accompagner : « Ces gens-là, comme on dit en français, c'est la mort du soleil. » Je ne sais dans quel coin du Brésil était allée vivre cette expression « française », mais je dus me rendre seul à Saint-Germain-en-Laye. La propriété s'étendait sur quelques dizaines d'hectares et la maison, qui avait appartenu au duc de Stanford, était au fond du parc. Il y avait une trentaine de voitures rangées dans les allées et devant le perron et je cherchai en vain une place. Je fis le tour de la maison et laissai ma Jaguar parmi les deux-chevaux et les camionnettes des domestiques et des fournisseurs. Au lieu de refaire le tour, j'empruntai l'entrée de service. Je traversais un couloir du côté des cuisines lorsque j'aperçus sur ma droite des portemanteaux et, sur un cintre, une veste de chauffeur. Je l'ai reconnue dès que mon regard se fut posé sur la paire de gants aux doigts recourbés et rapaces glissée sous l'épaulette droite de la vareuse. Mon cœur s'était mis à battre avec une émotion juvénile et je dus faire appel à tout mon sourire pour le ramener à l'ordre. Il y avait là, sur les cintres, d'autres vêtements : sans doute ceux des extras engagés pour l'après-midi et qui venaient ici se changer et mettre leurs pantalons noirs et leurs vestes blanches. Je jetai rapidement un coup d'œil à droite et à gauche, comme un voleur : personne, toutes les portes étaient fermées. Les gants sous l'épaulette étaient une pièce d'identité qui excluait l'erreur. Cette fois, nous allons vraiment faire connaissance, pensai-je. Je m'approchai de la vareuse et fouillai dans les poches. Je trouvai ce que je cherchais dans le portefeuille en plastique vert : un passeport espagnol, un permis de séjour et un permis de conduire au nom d'Antonio Montoya. La photo était bien celle de Ruiz. Je glissai les papiers dans ma poche et traversai le couloir.

Le salon Louis XV était vide : il faisait un temps superbe. Les invités se tenaient sur les pelouses, et les domestiques en vestes blanches erraient d'un groupe à l'autre, présentant inlassablement les plateaux de boissons et de hors-d'œuvre avec cet air impératif et important qui leur donne un moment d'existence. Je mis mes lunettes, mais je doutais que Ruiz fût parmi eux. Ce n'était pas son genre. Il était sans doute en train de rafler le contenu des tiroirs dans les appartements des Willelm. D'ailleurs, il m'importait peu qu'il fût là ou non. Je l'avais dans ma poche, nom et adresse. Je le tenais à ma merci. Après tout, il m'avait menacé de mort et n'avait pas exécuté sa promesse : il s'était contenté de me voler ma montre. Il ne méritait pas son physique de horde barbare : c'était un miteux. Nous avions un petit compte à régler, tous les deux.

Je saluai Mrs Willelm, parlai avec son mari, échangeai des amabilités d'usage avec quelques personnes que je connaissais, parai à une tentative de m'entraîner dans une discussion politique...

— Rainier, et moi qui vous cherche partout depuis trois jours !

Je reconnus l'accent plus que la voix : Jim Dooley. Il se tenait sur un fond de verdure, visage bronzé et boucles de buste romain, la chemise ouverte sur un torse d'athlète et, à son bras, ce qu'il est convenu d'appeler une « créature superbe », depuis que le mot « déesse » a laissé ses plumes et ses orchidées chez Dumas fils. Je tâchai de la reconnaître, craignant une vedette. Elle avait un visage qui sortait directement d'une affiche publicitaire, mais j'étais incapable de dire s'il s'agissait de cinéma, de produits alimentaires ou d'une crème de beauté.

— Vous connaissez naturellement...

Il évita de prononcer son nom : elle était trop célèbre pour en avoir besoin.

— Mais bien sûr...

— Nous nous sommes rencontrés l'année dernière à Cannes, dit-elle.

Je n'avais pas mis les pieds à Cannes depuis des années mais c'était tout à fait sans importance.

Jim Dooley lui passa un bras autour de la taille.

— C'est ma fiancée, dit-il.

— Ah bon, mes félicitations...

Un plateau apparut et Dooley prit une orangeade.

— Je ne bois plus d'alcool, m'informa-t-il. Il faut savoir choisir, mon vieux, non ? On ne peut faire face sur tous les fronts. L'alcool, à partir d'un certain âge, ça diminue la performance...

— Oh vous, monsieur Dooley, vous n'avez rien à craindre, dit la fille.

— L'alcool, ma chérie, il n'y a rien de pire pour la bésouille, dit Dooley.

Je fermai les yeux : ce n'était pas l'argot, c'était l'accent...

— Alors, moi, je préfère renoncer à l'alcool plutôt qu'au reste.

Il ne se souvenait plus du tout, apparemment, de sa séance d'aveux au Gritti. On dit : « Il ment comme il respire. » Mais Dooley, lui, mentait *pour* respirer. Il mentait pour vivre. Seuls ses yeux continuaient à crier leur vérité d'angoisse.

— Excusez-moi, darling, nous avons à parler affaires...

— Oh mais certainement... A tout à l'heure, monsieur...

Elle hésita.

— Rainier, dis-je.

— Enchantée...

Elle me tendit la main, garda la pose un moment, petite robe bleu pâle, béret, boa rose, et s'éloigna, légèrement penchée en arrière, une main sur la hanche. Dooley la suivait sombrement du regard, puis se tourna vers moi.

— Qu'est-ce que c'est que cette pute ?

Je retrouvai mon souffle.

— Mais... j'ai cru comprendre que c'est votre fiancée ?

— Ah non, merde, je dis toujours ça pour faire du bien autour de moi...

— Écoutez, Dooley, où avez-vous appris le français ?

— A Janson-de-Sailly. Pourquoi, il est dégueulasse ?

— Non, au contraire, mais c'est tellement curieux, avec l'accent...

— On peut pas tout avoir, mon pote. Il faut laisser quelque chose aux Français.

La fille revenait.

— Est-ce que vous allez me ramener, Jim, parce que j'ai renvoyé ma voiture...

Dooley observait la fille durement, pesamment.

— Dis-moi, ma chérie... Mon ami ne veut pas croire que j'ai fait l'amour avec toi trois fois, la nuit dernière... C'est vrai ou est-ce que je me vante ?

La fille parut déconcertée, rougit, puis eut un courageux petit sourire.

— C'est vrai.

— Bon. Merci. C'est gentil. Et tu es venue comment, ici ? C'est un des domestiques qui t'a amenée pour que tu te fasses des relations utiles ?

Elle avait des larmes aux yeux, à présent. Et

l'air d'une jeune paumée comme seuls les vieux savent en faire.

— Réponds, mon chou. C'est pas grave. Chacun se défend comme il peut. On dira à personne.

— Laissez tomber, Dooley.

— Elle veut changer de classe, vous comprenez, c'est ça qui est merdique...

— Écoutez, Dooley, ça suffit...

Mais il avait vraiment cessé de boire. C'était dur et ça se voyait.

— Je crois que nous nous faisions des illusions, mon vieux, lui dis-je. Ni la « classe ouvrière » ni les hordes déchaînées des Orients ne viendront mettre fin à nos problèmes. Il ne faut compter sur aucune aide extérieure. C'est une besogne que nous devons accomplir nous-mêmes. Un coup d'État militaire, peut-être ?

— *French talk,* dit Dooley.

La fille sortit un mouchoir de son sac et s'essuya soigneusement le coin des yeux pour ne pas gâcher le maquillage.

— Mon ami travaille chez le traiteur et... Il m'avait proposé de m'emmener avec lui... J'ai vu si souvent votre photo dans le journal, monsieur Dooley... Avec Marina Pugni...

Sa voix se brisait. Elle s'était pourtant coiffée, maquillée et habillée selon les meilleurs conseils publicitaires. C'était vraiment injuste.

— Mon ami a fait la livraison et...

Dooley fouillait dans son portefeuille.

— Je ne veux pas d'argent de vous, monsieur Dooley, dit la petite Française.

– - Je te donne seulement ma carte, dit Dooley.

Je sais que c'est pas économique. C'est social. T'es pas une pute. Viens me voir. Tu t'appelles comment ?

— Maryvonne.

Il lui mit son bras autour des épaules.

— T'en fais pas, Maryvonne. Tout le monde veut sa place au soleil. C'est la promotion sociale. Viens me voir. Je te donnerai un coup de main. Allez, sauve-toi, p'tite tête.

La fille éclatait de bonheur.

— Oh merci, monsieur Dooley.

— Et ne dis pas le nom des gens avec « monsieur » ou « madame » devant, quand tu leur parles. Ça fait peuple.

— Ah bon, je ne savais pas.

— Oui, ça te classe tout de suite.

Il la regarda s'éloigner, par-dessus son verre d'orangeade.

— C'est fou ce que le prêt-à-porter a fait contre la barrière de classes, vous ne trouvez pas, Rainier ?

— Bof.

— Alors, toujours dans la merde ?

— Je ne sais pas ce que vous appelez, vous, Dooley, « être dans la merde ». C'est très subjectif, la merde. A chacun selon son goût.

— Pourquoi refusez-vous l'offre de Kleindienst ? Il vous offre sept cents millions et huit mille actions de la S.O.P.A.R. C'est valable.

— Pourquoi vous intéressez-vous à ma situation ?

Il me cligna de l'œil.

— A cause de l'Omaha Beach et du maquis...

— *Cut out the shit.* Pourquoi ?

— Parce que je veux que vous vendiez à Kleindienst et que vous preniez ses huit mille actions.

— Sa dernière offre, c'est trois cent cinquante millions et les huit mille actions. C'est inacceptable.

— Acceptez.

— Jim, je sais que vous êtes très fort et très lucide... sur le plan des affaires...

Il eut un petit rire.

— Je vous ai trop parlé à Venise... Vendez. Je vous garantis la différence entre ce que vous donne Kleindienst et le prix de vos actions au plus fort en 1974. *Au plus fort.* Et elles ont baissé de soixante-huit pour cent. C'est une offre ferme. Mais vous me cédez les huit mille actions de Kleindienst.

Je commençais à comprendre.

— Et vous la fermez, vieux. Pas un mot, pas même à votre fils.

— Huit mille actions vous suffisent pour mettre la main sur la S.O.P.A.R. ?

— Je sais compter. Et ça fait trois ans que je compte. Je veux la peau de Kleindienst et je l'aurai.

— On peut vous demander pourquoi ou c'est trop personnel ?

Il m'observa un moment avec sympathie.

— Je ne suis pas sûr que vous puissiez comprendre, mon ami. Vous êtes trop... comment dit-on, déjà ? Petit ? Petite et moyenne entreprise, c'est ça ?

193

— C'est ça.

— Je pense que Boussac, Floirat, Dassault ou Prouvost me comprendraient. C'est une histoire de *puissance,* mon ami. *Puissance.* Vous connaissez ce mot ?

— Vous vous comprenez vachement, mon vieux.

— Oui, c'est une affaire de puissance, entre Kleindienst et moi. Vous voulez que je vous fasse un petit dessin ?

— Je vois fort bien le genre de très petit dessin que ce serait, Jimmy.

Il ne broncha pas. Il savait encaisser.

— Alors ?

— Je veux des garanties sérieuses.

— Vous aurez une lettre de mon avocat dans les huit jours. Vous la descellez, vous la lisez, et vous la rescellez. Okay ?

Je restai silencieux un moment et puis il y eut dans ses yeux une sorte d'amitié.

— Comme ça, vous, au moins, vous n'aurez pas à dépendre des trente milliards de chiffre d'affaires que la France va paraît-il faire en Iran, dans les années qui viennent. Quelle rigolade !

Il jeta son verre d'orangeade parmi les buissons de lauriers-roses et s'éloigna de sa démarche de bourlingueur.

Il me fallut quelques bonnes minutes pour me ressaisir. Je ne pouvais rêver de meilleure façon de liquider mon affaire. Je crois même que ma première réaction fut de me dire « Il y a un bon Dieu », ce qui était vraiment le plus grand hommage qu'un P.-D.G. pouvait rendre à un autre.

Je traînai là un moment encore, m'acquittant de mes politesses d'invité. J'aperçus Ruiz au moment où je m'apprêtais déjà à partir. Il traversait la pelouse, en veste blanche de serveur. Il tenait un plateau de verres vides dans les mains. Je me souviens du moment de satisfaction et presque de triomphe que j'avais ressenti, je ne sais pourquoi, à voir ce fauve d'Andalousie revêtu de la livrée de domestique. Peut-être parce que cette tenue le banalisait et qu'il allait perdre l'aura de splendeur animale qu'il avait acquise dans mon imagination et dont j'allais enfin me libérer. J'étais sûr que mes phantasmes lui avaient prêté une dimension de dignité physique qui le rendait inaccessible et dont il devait pourtant être totalement dépourvu en réalité : c'était sans aucun doute un minable à qui on pouvait demander n'importe quoi. Je le suivais du regard — il était à trente pas de moi et se dirigeait vers la maison, ramassant les verres vides au passage — et j'étais déchiré entre mon désir d'être débarrassé de lui et la peur de le perdre.

Je le vis entrer dans le salon. Je m'approchai à pas lents d'une des portes-fenêtres et jetai un regard à l'intérieur.

Ruiz était en train de vider de leur contenu les sacs des dames qui traînaient sur le divan et les fauteuils. J'ai eu alors un réflexe surprenant : je me tournai vers les pelouses et m'assurai qu'aucun des invités ou des domestiques ne se dirigeait vers la maison. Je fis le guet, en quelque sorte. Je sais qu'il est difficile de comprendre un tel souci de ma part mais après tout, et bien qu'il n'en sût rien, Ruiz était mon complice et je le voulais en liberté. Je n'allai pas plus loin, à ce moment-là, que de me plaire à la part du jeu à laquelle je pouvais encore prétendre et je ne sais si c'était par manque de courage ou par manque d'honnêteté envers moi-même.

Je dus lutter aussi contre mon envie de lui faire peur. Sous l'effet de la surprise, il aurait peut-être tiré son couteau et avec un peu de chance... La vie n'est pas toujours une solution. Mais je le connaissais déjà assez pour savoir qu'il avait avec nos conquérants et les hordes sauvages autant de parenté que sa veste de domestique. C'était une petite frappe prête à toutes les bassesses, à toutes les acceptations. Je me souvenais de son *sí, señor* qu'il m'avait lancé dans l'appartement de l'hôtel lorsque je lui avais dit de prendre l'escalier de service... Il avait pénétré sur les lieux vêtu de son uniforme de chauffeur et avait ensuite endossé une veste de garçon pour vider les sacs à main.

Je renonçai à lui révéler ma présence. C'était mieux ainsi : je continuerais à régner sur lui en maître, alors qu'il ne se doutait même pas de mon existence.

Il y eut un bruit de voix dans la pièce voisine et Ruiz se tourna vers la porte et demeura immobile, attentif. Je voyais son profil. J'eus alors une pensée curieuse : je me dis qu'un homme d'une beauté aussi virile qui se contente de voler est en somme presque honnête. Il aurait pu gagner beaucoup d'argent autrement. J'éprouvai une contrariété, une légère inquiétude : mon imagination n'avait que faire d'une telle honnêteté.

Il posa doucement sur le sofa le sac qu'il venait de vider et se dirigea sans bruit vers la porte du vestibule. Il allait endosser son uniforme de chauffeur et quitter tranquillement les lieux. Je ne bougeai pas, appuyé contre le mur. J'avais ses papiers dans ma poche.

Je pris congé de mes hôtes et rentrai à Paris. Au volant, je sifflotais. La rencontre avec Jim Dooley et l'offre qu'il m'avait faite me tiraient définitivement d'affaire. Il s'agissait à présent de concrétiser au plus vite. J'avais délibérément chassé Ruiz de mon esprit. J'avais hâte de retrouver Laura pour lui annoncer que je tenais enfin une solution à tous mes problèmes

XVII

Je fis malgré ma hâte un détour par le bureau pour informer Jean-Pierre de ma décision. Je voulais être débarrassé de tout ça et tout de suite. Je ne voulais plus jamais entendre parler de « conjoncture » C'était surtout la fin de cette obligation permanente de chercher constamment des arrangements à la limite de la légalité, des astuces, des combines, des palliatifs et des expédients. J'allais désormais pouvoir assister en spectateur aux gigotements d'une Europe de plus en plus impuissante sans me demander si je dépendais des Arabes, du shah d'Iran, de Kissinger ou d'Amin Dada.

Je laissai ma voiture sur le trottoir avenue Friedland et montai. Mon frère n'était pas là, heureusement . je ne pouvais plus supporter cette façon qu'il avait de rôder autour de moi avec l'air énergique de l'homme qui va s'arrêter de fumer demain.

J'entrai dans le bureau de Jean-Pierre. Il était penché sur des dossiers. Je fus frappé par la jeune lassitude de son visage. Derrière les lunettes

198

d'écaille, le regard qu'il leva vers moi avait l'appréhension et presque la méfiance des hommes d'ordre devant l'imprévisible.

— Jean-Pierre, nous allons accepter.

Je le vis pâlir. Son visage se creusa, vieillit et la ressemblance avec le mien devint ainsi encore plus frappante. Je crus reconnaître aussi quelque part au fond des yeux une dureté qui devait être aussi une expression du jugement qu'il portait **sur** moi.

— J'espère que tu sais ce que tu fais.

Je sentis mes mâchoires se serrer. Six mois auparavant, il ne se serait jamais permis une telle remarque. Je pensai brusquement au jeune Chirac, écartant Chaban-Delmas, un homme de ma génération et de ma guerre, s'emparant de l'U.D.R. et mettant les vieux gaullistes au rancart... Mon fils avait vingt-cinq ans de moins que moi, mais je n'étais même pas sûr qu'il pouvait faire l'amour comme moi, à mon âge. Il me fallut quelques secondes pour comprendre toute l'étendue insoupçonnée de la frustration et de la rancune qui s'étaient insidieusement emparées de moi, en si peu de temps.

— Fais-moi confiance encore quelques jours. Mais tu as vingt-quatre pour cent d'actions et la signature. Tu peux refuser.

— Allons donc. Tu me connais mieux que ça...

Il ôta ses lunettes, s'appuya sur ses coudes, hésita un moment...

— Écoute, vieux père, si tu veux te détruire...

— Tu parles de Laura?

— Absolument pas. Ça te regarde. Je te parle de l'affaire. De ma mère, de moi, de nous tous...

— Vous avez mon assurance sur la vie souscrite conjointement par les trois sociétés. Ça fait partie des contrats et Kleindienst est obligé de respecter les clauses. A ma mort, vous toucherez quatre cents briques.

— Et de quoi vivrons-nous en attendant ?

— De patience.

Il haussa les épaules. Je dis et je fus moi-même surpris par la violence difficilement contenue de ma voix :

— Kleindienst va être baisé et bien baisé. Tu peux me croire.

Jean-Pierre ferma le dossier.

— Bon. J'irai à Francfort demain.

Je me penchai et posai la main sur son épaule.

— Tu aurais dû savoir que je ne vous laisserais jamais dans le pétrin, toi et ta mère.

Jean-Pierre baissait les yeux. Il avait un air un peu gêné, comme autrefois lorsque j'échangeais avec Françoise des propos un peu trop vifs. Et puis, je me reconnus dans son sourire.

— Les deux oreilles et la queue, dit-il.

— Quoi ?

— Il faut toujours que tu sortes vainqueur de l'arène...

Il leva le regard vers moi et peut-être y avait-il cette fois de la sympathie et même de la tendresse. Il était d'ailleurs trop intelligent pour me manifester de l'intolérance et de la rigueur dans une société où le taux d'intérêt de l'argent était de quatorze pour cent et celui de l'usure vingt-quatre.

— Comprends pas.

— Mais si, tu comprends. Toujours la même volonté de puissance... Je peux te parler en... frère ?

J'allai à la commode, pris une bouteille de whisky et deux verres et revins m'asseoir sur un coin du bureau.

— Vas-y. Je souffre déjà d'un excès d'informations sur moi-même, alors, un peu plus, un peu moins De toute façon, il n'est plus possible de s'ignorer, aujourd'hui. Il y a excès de visibilité. Entre Freud et Marx, on passe son temps à faire connaissance avec son « je... ». Mais si tu crois avoir des révélations à me faire...

— Il vaut peut-être mieux que nous laissions tomber cette conversation, dit Jean-Pierre.

— Tu allais m'expliquer que si je tiens tellement à assurer ton avenir et celui de ta mère, ce n'est pas parce que je me soucie tendrement de ceux que j'aime, mais par volonté de puissance... Exact ?

— A peu près, mais sans nullement exclure l'affection... Tu te sens fort quand tu donnes aide et protection...

— ... par féodalisme, en quelque sorte. Tout ce qui me touche de près doit être défendu... Le royaume du Je. Je défends le château et les dépendances. Vous faites partie de mon territoire. Si je devais mourir en sachant que je vous laisse sans un, j'aurais le sentiment de mourir vaincu. Et ma dignité de mâle m'interdit de quitter l'arène autrement qu'en triomphateur. Les deux oreilles et la queue, comme tu dis. La *fiesta brava*. Depuis cinquante ans, l'Occident est obsédé par la virilité et l'obsession de la virilité est un signe infaillible de dévirilisation... Tu raisonnes toujours très bien, Jean-Pierre.

— Je te ferai remarquer que c'est toi qui parles.

Je levai les yeux vers lui, mais il me refusa du secours. Je laissai mon verre et allai à la fenêtre. Il faisait encore jour.

— Bon, bref, enfin, dis-je. Tu expliqueras à Gérard.

— Je tâcherai.

Je suis sorti. Je m'arrêtai sur les Champs-Élysées et achetai des disques pour toute la nuit.

XVIII

Je frappai à la porte et entrai. Personne.

— Laura ?

Elle était assise dans le fauteuil bleu de la chambre à coucher, le visage en larmes. Ses yeux avaient une telle expression de détresse, de naufrage et presque de peur que je m'arrêtai, n'osai plus bouger, tant tout était fragile.

— Ma chérie, ma chérie... Qu'est-ce qu'il y a ?

Elle secoua la tête et dit d'une petite voix en s'efforçant de sourire :

— ... Il y a des jours comme ça, Jacques.

Le lit n'était pas fait. Elle était en peignoir. Les rideaux étaient fermés.

— Tu n'es pas sortie ?

— Quand tu n'es pas là, Paris est une ville étrangère.

Il y avait des valises ouvertes. Elle y avait jeté quelques affaires. Je posai mes disques et m'assis. Je gardai mon chapeau et mon imperméable, j'avais besoin autour de moi d'une présence amicale. J'ai toujours eu de très bons rapports

avec mes vêtements : une enveloppe protectrice...
Il me faudrait du bon cuir.

Les placards et les tiroirs étaient ouverts.

— J'ai même retenu ma place d'avion...

Je demeurai un moment enfoncé dans mon vestiaire, puis me levai, pris le téléphone et appelai le concierge.

— Jean, annulez cette place d'avion pour Rio...

— Entendu, monsieur. Et celle dans l'avion suivant ?

— Comment ça ?

— Oui, Mlle de Souza a retenu une place pour elle-même et une autre pour vous dans l'avion suivant...

Je raccrochai, me tournai vers Laura et tous ces mots qui ne savent pas parler devaient se presser dans mon regard. Il y avait longtemps que je n'avais été plus heureux qu'en ce silence. Lorsque j'allai m'agenouiller auprès de toi et que tu as appuyé ton front contre mon épaule, lorsque je sentis tes bras autour de mon cou, les mots d'amour que je murmurais retrouvaient leur enfance, comme s'ils venaient de naître et que rien encore ne leur était arrivé. Il y avait dans la chambre assez d'obscurité pour qu'il n'y eût plus que le goût de tes lèvres. Lorsque tu bouges un peu et que ta tête vient se poser sur mon épaule à la place du violon, chaque mouvement de ton corps creuse mes paumes de vide et plus mes mains te tiennent et plus elles te cherchent.

— J'ai voulu partir d'un seul coup, ça fait moins mal, mais comme tu allais bien sûr te lancer à ma poursuite, j'ai retenu une place pour toi dans l'avion suivant...

... Si j'avais eu une fille, je m'en serais peut-être tiré.

Je retournai chez moi tard dans la nuit. Ruiz avait refusé de venir. Je mis ma robe de chambre, m'assis dans un fauteuil. Il n'était pas question de dormir.

Ce que je trouve aujourd'hui le plus difficile à expliquer, c'est que je me croyais entièrement maître de la situation. A aucun moment, au cours de cette nuit blanche, je n'ai eu le sentiment d'une perte de volonté, d'un de ces états à la dérive qui s'expriment dans tant de confessions par les formules classiques du genre « une force irrésistible m'entraînait vers... » « me poussait à... ». Jamais je ne m'étais senti plus sûr de moi-même. Je voulais frôler le danger, c'est tout.

A neuf heures du matin, je me changeai et me préparai. Je trouvai mon colt sous une liasse de papiers dans le tiroir de mon bureau. J'entretenais pieusement ce souvenir depuis trente ans.

XIX

Le 72 rue Carne avait un côté arraché par les démolisseurs et se collait de l'autre à une maison meublée : *Hôtel des Étrangers.* J'avais oublié qu'il existait à Paris des coins aussi peuplés d'ailleurs. Les enfants qui jouaient dans la rue avaient des visages de Casbah et de futurs balayeurs. La musique arabe tombait des fenêtres et semblait pleurer sur son propre sort. Je ne sais pourquoi je me sentais si libre parmi ces visages si différents du mien. Je n'étais pas chez moi, j'étais chez eux : c'était moins grave. Les regards ne me jugeaient pas de la même manière que rue de la Faisanderie. La sensation de dépaysement atténuait quelque peu la conscience que j'avais de ma propre étrangeté.

Je ne savais pas pourquoi j'étais venu à la recherche de Ruiz. J'ai écrit que je voulais frôler le danger, me rapprocher de la réalité, mais j'étais incapable de dire si c'était pour me libérer d'une obsession, mettre fin une fois pour toutes d'un coup de revolver au péril des phantasmes de plus en plus exigeants ou au contraire pour les nourrir à la source.

Le couloir d'entrée finissait dans les poubelles. Il y avait au pied d'un mur une cage à canari vide. Au fond, à gauche, une porte vitrée avec un rideau de molleton gris.

Je frappai.

— Qu'est-ce que c'est?

Une voix de femme.

— Je viens pour Antonio Ruiz.

— Qui?

Je ne sais pourquoi je tenais à ce nom : Ruiz.

— C'est pas ici.

— Il a perdu ses papiers. Je viens les lui rapporter.

La porte s'entrouvrit. Un visage de femme plein de rancune. Cinquante ans de rancune. Je lui tendis le permis de conduire. Elle regarda la photo.

— C'est Montoya, c'est pas... Comment avez-vous dit, déjà?

Je remis le permis dans ma poche. Je dis :

— Ils ont souvent plusieurs noms en Espagne.

— Montoya, c'est au quatrième.

— Quelle porte?

— A côté des w.-c.

Je montai. Il y avait trois portes par étage. Au quatrième, une seule, au fond du couloir.

Je redescendis quelques marches et attendis, le dos au mur. J'allumai une cigarette. Je laissai passer le temps. Je voulais goûter pleinement cette petite attente anticipatoire, le jeu, les battements un peu plus rapides de mon cœur. C'était le meilleur moment. C'est toujours le meilleur moment, avant.

J'écrasai ma cigarette et allais m'engager dans le couloir lorsque j'entendis une porte qui s'ouvrait. Quelques pas qui se rapprochaient... Je me préparai à franchir les dernières marches pour surgir brusquement devant Ruiz. Ma main serrait dans ma poche la crosse du revolver.

Mais les pas s'arrêtèrent et j'entendis une autre porte qui s'ouvrait puis se refermait. Je regardai : celle du fond était restée ouverte. Ruiz était dans les w.-c.

Je traversai doucement le couloir et entrai.

C'était une mansarde. La lucarne était au fond. A gauche, un rideau de plastique blanc et une douche. Un lit défait, du linge sale dans un coin. Quatre ou cinq postes de radio, probablement arrachés à des voitures. Un blouson en cuir et un costume couleur moutarde sur des cintres accrochés à des clous. Au-dessus du lit, des filles nues clouées au mur par des punaises et une affiche d'El Cordobès. Un fauteuil en vinyle vert au pied du lit, sous la mansarde.

Je m'assis dans le fauteuil.

Il devait y avoir moins de quatre mètres entre la porte et l'endroit où j'étais assis, mais j'étais tellement immobile que lorsque Ruiz entra, il ne remarqua pas ma présence à l'instant même. Il referma la porte. Il portait un pantalon de cuir noir et était torse nu Ce fut seulement lorsqu'il eut refermé la porte qu'il m'aperçut. Et ce fut alors d'une rapidité dans la violence qui eût fait paraître bien malhabiles mes propres adresses de commando. En un instant, sans la moindre surprise, il fit un bond en avant cependant que le couteau apparaissait déjà dans sa main. Mon œil avait eu à peine le temps de saisir le geste qu'il avait fait pour le tirer d'une poche sur son mollet.

Mais j'avais déjà mon colt au poing.

Il s'immobilisa, s'interrompit en plein vol, mais sans maladresse, car c'était encore un corps qui se jouait de toutes les pesanteurs. Les genoux légèrement pliés, les bras écartés, le couteau dressé, il se tenait à deux mètres devant moi, les lèvres tremblantes, les yeux agrandis et fixés sur le canon de mon arme.

J'avais le doigt sur la détente. Je sentis une bouffée de chaleur au visage.

Je le regardais. Ce fut seulement à ce moment-là, devant ce corps si riche d'une vigueur que l'âge avait dérobée au mien que je compris pour la première fois la nature de mon expédition : c'était une reconquête. Je venais reprendre un outil qui m'avait appartenu et m'avait si bien servi, et dont j'avais été dépossédé, m'en emparer, lui imposer ma domination, m'en faire obéir et m'en servir.

Il eut un mouvement de recul.

— *No, señor, no !* supplia-t-il d'une voix rauque. *No !*

Il laissa tomber le couteau et leva les bras.

Les pommettes saillantes et les yeux portaient la trace de ce qui aurait pu être une ascendance mongole. Un de nos conquérants... Mais les lèvres entrouvertes et tremblantes avaient perdu leur dureté : la peur civilise...

Il portait à son poignet la montre en or qu'il m'avait volée.

Je regardai la montre. Ce fut alors seulement qu'il me reconnut. Il recula d'un pas.

— *No me haga daño, señor!...*

— Tu m'apprendras l'espagnol une autre fois, lui dis-je.

Il ôta la montre de son poignet, se pencha et la poussa vers moi.

— La voilà, *señor...* Je n'ai pas de travail, je n'avais rien à manger...

— Oui, c'est pour ça que tu ne l'as pas vendue, dis-je.

J'étudiai son corps attentivement. Il fallait reconnaître qu'il était mieux bâti que je ne l'ai été. La taille était plus mince, les épaules plus larges. Les cuisses avaient une force plus souple. Mais c'était un corps d'acrobate plus que de lutteur. Et chaque nerf, chaque veine, chaque muscle était tendu par une avidité de vie dont je n'avais même plus le souvenir.

Je l'appris par cœur un bon moment. Puis je tirai de ma poche son permis de conduire et le jetai à ses pieds. Je gardai son passeport. Il ramassa le document et me regarda avec stupeur. Il ne comprenait plus rien. Et c'était parfait. Je me sentais encore plus fort.

Je me levai. Je pris un billet de cinq cents francs et ma carte de visite. Je repoussai ma montre vers lui et lançai l'argent et ma carte à ses pieds. D'un mouvement de mon arme, je lui fis signe de s'écarter. Il s'exécuta aussitôt avec empressement.

— Très bien, Antonio, lui dis-je. Il faudra apprendre à m'obéir.

Il murmura :

— *Sí, señor.*

Je suis sorti et refermai la porte derrière moi. Je mis le colt dans ma poche et allumai une cigarette. Ma main était calme. Je descendis lentement l'escalier et marchai droit devant moi dans la rue sans savoir où j'allais. J'avais failli le tuer et je ne savais pas si c'était pour me débarrasser de lui, par haine de sa vitalité qui déferlait sur moi comme un irrésistible avenir, ou si c'était parce que je ne pouvais plus être sûr de moi et pour sauver Laura.

Nous devions déjeuner ce jour-là à la campagne. Je fis une entrée triomphale et elle parut inquiète.

— Qu'est-ce qu'il y a, Jacques ? Tu as l'air.. sauvé.

— J'ai failli tuer quelqu'un.

— Tu conduis trop vite.

J'allai de la chambre au salon, je prenais les bouquets de tes éternels candidats qui attendaient que je finisse, les roses, les tulipes, les iris, et je les jetais dans le corridor.

— Je veux être seul avec toi. Toutes ces menaces parfumées... Dans quelques jours, ce sera définitivement réglé, signé, je serai libre. nous allons partir au diable vauvert..

— Où c'est, le diable vauvert ?

— Très loin... Je ne sais pas encore où. On va prendre la Jaguar et rouler droit devant nous.. La Turquie, peut-être l'Iran...

J'allai au frigo et me versai un verre. Je tournais le dos à Laura.

— Il nous faudra un chauffeur. Je connais un ancien garde du corps de l'Élysée qui pourrait faire l'affaire. Ils ont fait des réductions de personnel et il est sans emploi. C'est un homme d'une cinquantaine d'années, très sûr, d'une moralité irréprochable... Je crois qu'il est disponible. Sinon...

Je vidai mon verre.

— ... Sinon, on trouvera bien quelqu'un d'autre.

— Il faudra surtout qu'il ne soit pas encombrant, dit Laura.

Tous les quelques jours, j'envoyais par la poste de l'argent à Ruiz pour l'empêcher de changer d'adresse

XX

Au cours des premières nuits qui suivirent ce pèlerinage aux sources, mon imagination retrouva tout son pouvoir évocateur. Mes phantasmes exploitèrent Ruiz avec une maîtrise, une souveraineté dans la domination et l'usage qui paraissait à l'abri de l'épuisement. Il ne semblait y avoir de limite à l'empressement avec lequel mon régénérateur malgré lui acceptait de m'obéir. Qu'il trouvât dans cette apparente soumission la joie d'une revanche sociale, je ne l'ignorais pas, bien au contraire : j'utilisais son acharnement à mon profit. Il forçait Laura aux soumissions les plus basses, se servant d'elle pour ses vidanges avec une brutalité et une haine où je reconnaissais la rancune d'une condition qui n'avait jamais été à pareille fête. Mais l'antagonisme que je suscitais ainsi délibérément en moi m'atteignait au plus profond de ma vitalité et stimulait mes sens. Et puis, bien sûr, il y eut ce que je sollicitais, espérais et redoutais en même temps : mon exécuteur des basses œuvres devint encore plus exigeant.

Rien n'est plus consolant que de faire de son chagrin intime une fin du monde. « Le Déclin de l'Occident » a bon dos : il donne l'absolution. Mais pour ceux que le poids du passé intéresse, je mentionnerai que j'avais dix-sept ans en 1931, au moment de l'Exposition coloniale et de la France impériale régnant sur les peuples et les richesses de l'Afrique et de l'Asie. Je ne crois pas qu'on doive ignorer cette part historique dans ce que je dirai ici et qu'il y avait là quelque chose de beaucoup plus profond qu'un apparent hommage à l'ironie : si Ruiz n'acceptait plus de me servir et me laissait entièrement démuni, ce n'était pas seulement parce qu'il se sentait exploité. Il réclamait même plus qu'un « contrôle effectif de ses ressources ». Il voulait devenir mon maître. Il avait compris que je ne pouvais plus me passer de lui. Il avait pris conscience de sa force. Il savait que j'étais à sa merci. C'était son heure.

Je fus rue Carne très tôt, le lendemain de mon nouvel échec. Je montai au quatrième et frappai à la porte. Personne. J'allai dans le café arabe en face et attendis au comptoir en surveillant l'entrée. Des Nord-Africains, quelques Noirs. J'étais le seul Européen. La police n'aurait aucune peine à obtenir mon signalement. Un homme grand, vêtu d'un imperméable vert de l'armée américaine, cheveux blond-gris coupés très court, yeux bleus, cicatrices au front et à la mâchoire... Il est resté au moins une heure au comptoir, très relax, il souriait tout le temps... Et puis, il a traversé la rue et il est entré dans l'immeuble en face... C'est sûrement lui l'assassin...

Je pourrais plaider la légitime défense. Après tout, je défendais mon honneur.

Je pourrais aussi dire que j'avais retrouvé sa trace, que j'étais venu pour lui reprendre la montre en or qu'il m'avait volée, qu'il avait saisi son couteau et que j'avais tiré.

On me regardait. Une demi-douzaine de jeunes Nord-Africains et quelques Noirs. Ils venaient des pays neufs et dont les sources d'énergie étaient encore intactes.

J'attendais déjà depuis plus d'une heure lorsqu'il vint enfin, affublé, sans égards pour sa splendeur animale, d'un affreux costume couleur moutarde. J'ai toujours été indigné par ces photographies dites « amusantes », où l'on voit un tigre, un lion ou même un chien affublés d'une manière parodique et humaine.

Je grimpai les quatre étages et frappai à la porte. Il ouvrit et, à part une soudaine tension immobile du corps et du regard, il n'y eut aucun signe d'inquiétude ou d'étonnement. Sans doute ne comprenait-il rien aux liens secrets qui nous unissaient, mais il savait déjà que je le payais cher. J'étais pour lui un employeur incompréhensible mais généreux. Je poussai la porte et il recula. J'entrai et refermai la porte derrière moi.

Les sourcils en vol d'oiseau noir sous un front droit et mat rejoignaient au-dessus des tempes la violence désordonnée d'une chevelure lumineuse et sauvage. Les pommettes saillantes creusaient les joues jusqu'au puits des lèvres qui ne semblaient avoir jamais connu l'essoufflement. Le visage était impassible, un peu boudeur, mais il y avait au fond du regard une extrême attention, car je gardai ma main droite dans la poche de mon imperméable.

Je dégageai un peu le colt. J'avais besoin de tous mes moyens.

— Enlève-moi ce costard de merde...

Pour peu qu'il s'imposât à moi au moment de l'usage, ce grotesque accoutrement risquait de faire échouer mon imagination en la privant de son stimulant le plus sûr : la vision d'une nature encore proche de sa source originelle, qui ne porte le poids d'aucun passé et à laquelle l'avenir peut tout demander.

— Enlève-le, je te dis...

Il y eut sur son visage un début de cynique compréhension...

— Non, mon vieux. Tu te trompes. Tu te trompes complètement. Ce n'est pas ça du tout. Cherche pas à comprendre. Je te paie pour obéir. Allez, vas-y, enlève-moi ce sale costard et mets ton cuir...

Il se changea, sans me quitter des yeux. Le cuir lui allait bien. Il soulignait tout ce qu'il y avait de brutal dans son physique.

Il se tenait devant moi, les jambes écartées, les mains sur les hanches, le blouson ouvert sur son maillot de corps blanc...

J'étais assis sur le lit et le regardais. Je faisais mes provisions.

Je lui laissai mille francs.

Il s'apprivoisait bien. Je voulus en être tout à fait sûr et cessai de lui envoyer de l'argent.

Il se passa quelques jours et je commençai déjà

216

à me dire que je m'étais trompé et qu'il n'était pas capable d'une telle arrogance.

Laura dînait avec des amis brésiliens de passage et devait me rejoindre vers minuit. Il était un peu plus de minuit lorsqu'on sonna.

Ruiz gardait les deux mains dans les poches de son blouson de cuir, immobile, dans une concentration du corps et du regard à la fois inquiète et résolue. Je crus d'abord qu'il avait compris instinctivement ce que j'attendais de lui et avec quelle obscure ferveur j'aspirais à être débarrassé de moi-même. Qu'il y eut dans mon acharnement à le poursuivre et à le provoquer un rêve de délivrance, l'espoir que Ruiz mettrait fin à ma dépossession en me libérant d'un seul coup de mes derniers vestiges historiques, j'en suis certain, maintenant que j'écris ces dernières pages avec la conscience d'avoir été piégé jusqu'au bout par un excès de mémoire...

Mais Ruiz n'était ni assez civilisé ni assez barbare pour me comprendre. Il n'était pas de ma fin du monde. Il ne venait pas par fraternité. Il venait seulement chercher sa paie. J'étais pour lui incompréhensible, mais il comptait sur l'incompréhensible pour continuer à se faire payer.

Je le laissai et entrai dans le salon, Laura pouvait revenir d'un moment à l'autre et je ne sais si je craignais ou si je souhaitais qu'elle fût là...

Je sentais Ruiz à quelques pas derrière moi, pendant que je prenais de l'argent dans mon portefeuille. J'appréciais son extrême silence, cette instinctive acceptation de tout ce qui devait rester muet dans nos rapports. En dehors de l'intensité du regard, son visage se gardait de toute expression, car il devait se sentir là en terre étrangère et ne voulait pas l'avouer. Il y avait quelque chose de presque naïf dans l'assurance avec laquelle il prit l'argent, comme si c'était son dû.

— *Gracias, señor.*

Il alla jusqu'à la porte et me jeta encore un regard.

— *Adios, señor.*

Il était visiblement rassuré. L'incompréhensible continuait à être bien disposé à son égard. Je ne lui avais pas rendu son passeport, mais il ne devait pas s'en soucier. Il était sûr que nous allions nous revoir.

Laura revint quelques minutes à peine après son départ. Elle était encore tout animée, rieuse, et vint m'embrasser dans un élan heureux. Je n'ai même pas eu la force de sourire. J'étais trop près de la vérité. Je savais que j'étais déjà allé très loin et que j'étais presque au bout. Elle s'écarta un peu pour mieux me voir, gardant ses deux mains sur mes épaules, et parut soucieuse.

— Qu'est-ce qu'il y a ? Tu es tout pâle...

— Je t'attendais.

J'ai rêvé cette nuit-là que Ruiz était revenu et que d'un seul coup d'épée il avait mis fin à mon avenir.

Il ne revenait pas. Il continuait à se dérober et à refuser de me servir. Au lieu de m'avouer alors que les phantasmes me laissaient loin du compte et que je manœuvrais délibérément mon psychisme de façon à nous pousser tous les trois à la réalité, je tentai de me suffire au prix d'une dépense nerveuse dont je n'avais plus les moyens.

Il y eut quelques jours assez atroces. Laura évitait le contact physique. Dès que j'esquissais une caresse, je rencontrais dans son regard une expression de peureuse supplication : elle ne voulait pas m'exposer à l'échec. Elle retenait ma main, la serrait tendrement, mais demeurait sans réponse. Nos silences devenaient pleins de cachettes. Lorsque nous étions couchés, elle commençait à me traiter avec une sorte de pudeur et de timidité, comme si elle avait découvert en moi quelque vocation monastique...

Finalement, un soir, je fus impuissant avec courage. Ma main allait et venait sur son corps, cependant que l'autre main partait discrètement à la recherche de moi-même, pour voir si ça venait. Mes lèvres et mon souffle erraient sur ses seins pendant que ma main droite œuvrait frénétiquement pour me donner une certaine contenance. Je pus réussir ainsi à prendre quelque envergure et aussitôt, dès qu'il m'apparut que la chose était peut-être à présent du domaine du possible, et qu'il fallait en tout cas prendre le risque de courir l'aventure, car il était peu probable que je pusse accéder à plus de grandeur, je sollicitai l'engagement, après avoir placé sous ses hanches un oreiller, afin de créer un angle plus favorable à mon manque de consistance, c'est-à-dire, de bas vers le haut, plutôt que de haut vers le bas, ce qui fait toujours courir le risque de glissement et de chute vers l'extérieur par suite de manque de fermeté et d'envergure dans l'ancrage, cependant que toute mon attention allait à mon état viril, car il suffisait d'une baisse insignifiante pour me jeter dehors. D'autre part, le manque de fermeté étant à la limite du ploiement, il me fallait à tout prix maintenir l'acquis et, si possible, le développer davantage, afin de m'entourer de toutes les garanties nécessaires et prendre peut-être même une marge de sécurité dimensionnelle dont l'effet sur le psychisme est en lui-même un facteur important de la réussite, par le sentiment de maîtrise et d'assurance qu'il procure. La frénésie avec laquelle je me ruais en avant comme aux plus beaux jours n'avait qu'un seul but : le durcissement. Conscient à la fois de mon angoisse et de ce que celle-ci avait de contrariant pour l'entreprise, je sentais de moins en moins le contact et de plus en plus ma mollesse menaçante, alors que la passivité de Laura augmentait et se muait en inertie par crainte d'un mouvement brusque qui me jetterait dehors, si bien que, pour garder un semblant de présence en elle, je dus mettre ma main droite sous elle et entre ses cuisses, de façon à me maintenir en place en soutenant fortement la base de ma virilité avec la béquille des doigts, afin de l'empêcher de choir. Désespérément, les dents serrées, j'appelai Ruiz à mon aide ; je n'avais pas voulu l'appeler avant pour me prouver que je pouvais encore réussir sans lui. Mais c'était trop tard, car mon épuisement était tel qu'il ne laissait plus de place à l'imagination.

Laura ne réagissait pas, tenant une main sur ma nuque et l'autre sur mon épaule, et lorsque enfin je fus vaincu et me retrouvai avec rien et dehors, elle me serra de toutes ses forces contre elle, mais ce fut seulement parce qu'elle savaic...

— Demain, nous irons jouer au croquet, lui dis-je.

Elle levait vers moi un regard désemparé et je sentis enfin que le moment était venu et qu'il suffisait de beaucoup d'amour et d'un peu de courage.

Le lendemain, je la quittai très tôt et errai sur les quais pour calmer mon impatience. A neuf heures, je pris un taxi et me fis conduire à la Cité Malesherbes. Il n'y avait personne et je dus attendre au comptoir d'un bistrot au coin de la rue Frochot. Vers dix heures et quart, je vis arriver d'abord Lili, ensuite deux filles. Je leur donnai dix minutes et montai.

Elle m'ouvrit. Le caniche n'était pas encore là, contre son sein. Le matin, on a moins besoin d'affection. Elle ne me dit pas bonjour, n'ouvrit pas la porte entièrement, ne m'invita pas à entrer.

— J'ai besoin de toi, Lili Marlène.

Elle avait un regard de verre incassable.

— Je sais.

Je levai vivement la tête.

— Comment ?...

— C'était dans les cartes, hier soir. Un roi de cœur et un valet de pique... La dame de trèfle était au milieu.

— Et ça veut dire quoi ?

— Que l'on a toujours besoin d'une vieille maquerelle.

— Tu es injuste.

— On ne vient jamais voir Lili Marlène par amitié.

Je sentis quelque chose bouger contre mon pied. Elle se pencha, ramassa le caniche et se mit à le caresser. Elle me regardait durement.

— Tu es le seul homme que j'aie jamais respecté, dit-elle. Mais tu as mal vieilli. Tu es resté jeune. Les hommes vieillissent toujours mal quand ils restent jeunes... Je ne peux pas te recevoir ici.

— C'est important...

— Pas ici. Je t'entendrai chez moi, dans deux heures. Le temps de donner un coup de téléphone et de me faire remplacer. Voilà l'adresse.

Elle me l'écrivit.

— Il ne faut pas qu'on te voie ici. Une fois suffit.

Elle ferma la porte.

Je pris un taxi. J'attendis deux heures dans un café en me sentant comme au temps de la clandestinité, de la Gestapo. Je veux dire par là que je n'éprouvai aucune hésitation, aucun doute, tout était décidé et clair : je savais qu'il n'y avait rien d'autre à faire.

Il était midi lorsque je quittai enfin le café et montai un étage d'un immeuble avenue Kléber. Il y avait une carte de visite sur la porte. Madame Lewis Stone. Elle avait épousé un G.I. en 1945.

La porte s'ouvrit sans que j'eusse à sonner. Elle avait dû guetter mon arrivée par la fenêtre.

— Il y a la femme de ménage. Viens.

Il y avait un modèle réduit d'Hispano Suiza sur une étagère et des photos de grandes vedettes de cinéma d'avant guerre sur les murs. Un vieux gramophone, une affiche d'Yvette Guilbert et un portrait de Jean Gabin en légionnaire. Des rêves 1930...

Le visage de Lili Marlène avait beaucoup servi à dissimuler, et les rideaux étaient baissés. Peut-être me trompais-je en y lisant une lueur narquoise ou peut-être croyait-elle vraiment que je n'avais pas échappé à la bassesse. Elle s'était assise dans un de ces fauteuils au dos raide qui font profession de droiture.

— Parle, va. Tu fais de la peine à voir.

— Il faut me débarrasser d'un homme.

La main ralentit un instant sa caresse dans les poils blancs de la bête puis reprit son mouvement de va-et-vient.

— Je vais t'expliquer...

— Ça ne m'intéresse pas. Du moment que c'est toi qui le demandes...

— C'est moi qui te le demande, Lili Marlène.

Elle ne me quittait pas du regard.

— Seulement, je veux être sûre que ça vient de toi et pas de quelqu'un d'autre.

— Je ne t'ai jamais menti et ça n'est pas maintenant que je vais commencer.

— Tu ne m'as pas compris. Je veux être sûre que tu es encore toi-même. Celui que j'ai connu...

Je me taisais.

— Il s'agit justement de cela. Je suis en danger.

— Chantage ? Tu es allé trop loin avec les femmes ? Des photos ? Ce n'est pas par curiosité, c'est pour t'aider.

— C'est une question d'assurance, dis-je.

Elle haussa imperceptiblement les épaules.

— Comme tu voudras. Qui est le type à descendre ?

— Moi.

Elle se figea. Ce n'était pas de la surprise mais quelque chose d'autre. Je crois que c'était de l'amitié.

— Il faut m'aider, Lili Marlène.

Elle ne disait rien. Elle me regardait d'une façon qui m'évoquait plus qu'elle ne me voyait. C'étaient les yeux du souvenir.

— Nous avons fait un bout de chemin ensemble autrefois, dit-elle.

Ce n'était pas de l'émotion. C'était seulement quelques brindilles de plus à jeter au vent.

— Ça va être dur. Mais enfin, puisque tu y tiens...

— Je t'ai parlé d'assurance. Je veux prendre une assurance contre moi-même.

Elle caressa le caniche et sourit.

— Je sais, dit-elle. Je connais.

Je ne comprenais pas ce qu'elle voulait dire.

— Il est venu me voir, ton zèbre. Antonio. Antonio Montoya, l'Andalou. Je l'emploie de temps en temps. Il m'a parlé de toi.

— Mais comment... ?

J'étais enfoncé dans mon vestiaire, essayant de retrouver mon visage d'homme. Je n'osais pas lever les yeux.

— Ben quoi, tu lui as donné ton adresse, tu lui as donné de l'argent, il connaît le truc... D'abord, il était désorienté, il n'y comprenait plus rien.

Tu lui fais peur. C'est le genre de mec, quand il comprend pas, il a peur... Comme il connaît personne d'autre que moi, dans le métier, il est venu m'en parler, naturellement...

— Je ne veux pas vivre comme ça, lui dis-je, un point, c'est tout. Trouve-moi quelqu'un, et vite.

— C'est un ordre ? Comme autrefois ?

— C'est un ordre. Comme autrefois.

Elle se leva.

— Viens voir.

Elle alla vers un coin du salon. Il y avait là sur une console, sous une cloche de verre, un grand chapeau couleur de guêpe, noir et jaune.

— Tu reconnais ?

L'épingle traversait le chapeau de part en part...

— J'en ai percé vingt-neuf, avec ça, dit-elle. Tu sais ce qu'il m'avait demandé un jour, Maffard ? Celui qui me les désignait ? Il m'avait demandé si je les perçais avant, pendant ou après...

Elle me prit par le bras. Son visage avait une expression de bonne humeur.

— Tu veux boire quelque chose ? Tu as l'air d'en avoir besoin.

— Trouve-moi quelqu'un et vite, Lili Marlène. Je me suis toujours fait une certaine idée de moi-même. Et j'y tiens. Tu sais, pendant toutes ces années de lutte, dans le maquis, je me suis toujours demandé si c'est pour la liberté et pour la France que je risquais ma vie, ou si c'était pour l'idée que je me faisais de moi-même. Donne-moi un whisky, tiens.

Je m'assis.

— Et je ne vais pas changer d'idee.

Elle finit de remplir le verre et me le tendit.

— L'honneur, dis-je, en essayant l'ironie

— Ne dis pas de conneries. L'honneur, c'est un truc pour temps de guerre. Maintenant, c'est la douceur de la vie. Ça n'a aucun rapport. Mais sois tranquille. Ça sera fait.

— Tu connais quelqu'un ?

— Bien sûr que je connais quelqu'un.

— Qui ?

— T'occupe pas. Je te dirai le lieu, le jour et l'heure...

Elle eut un air amusé.

— Ce n'est pas une affaire... Et cette fois, je n'irai pas chercher un Yougoslave, je te jure... Mais il vaudrait mieux supprimer l'Andalou, pour voir. Peut-être que ça te passera ?

— Non. Il n'y est pour rien.

Elle alla s'asseoir dans son fauteuil royal et réfléchit, regardant quelque part au-delà.

— Oui, la virilité, dit-elle. Tu es devenu dingue — fêlé d'une môme, et comme tu as du mal à bander...

Ses yeux revinrent sur moi...

— Ça aussi, c'est l'honneur...

Je me levai.

— Et puis, il y a sûrement aussi une histoire de fric. Il y a toujours une histoire de fric, quand un homme se sent fini... non ?

Je haussai les épaules.

— Il y a ça aussi. Je suis à peu près ruiné et j'ai

une assurance sur la vie pour quatre cents millions... Je vaux encore ça.

— Le bœuf social, dit-elle, et le bleu de faïence s'éclaira d'une lueur presque amicale.

— C'est ça, le bœuf social. Je vaux encore quatre cents briques à la casse. Je veux savoir si je peux compter sur toi comme autrefois, Lili Marlène.

— T'en fais pas, je t'arrangerai ça. Si tu changes d'avis, préviens-moi. Et il me faut du temps. Cette fois, je ne veux pas d'histoires... Ce n'est pas facile de rayer quelqu'un d'aussi connu que toi.

— Je ne changerai pas d'avis.

— Je sais. Je dis ça pour la règle. Tu sais, mon colonel... il te reste encore quelque chose.

— Merci.

— C'est un sale truc, être toujours jeune, quand on vieillit...

Ses yeux riaient à travers leurs glaces.

— Je ne t'ai jamais dit que j'avais un béguin pour toi ?

— Non. Tu aurais dû me le dire.

— Tu parles. Un colonel et une pute.

— Tu as la médaille de la Résistance, Lili Marlène.

— Oui, je l'ai. C'est même grâce à ça que j'ai pu ouvrir un bordel.

Elle m'accompagna à la porte.

— Allez, adieu. Tu as peut-être raison de te défendre. Personne ne se défend plus... Enfin, c'est la prospérité.

Elle tira le verrou.

— Sois tranquille. Je m'en occupe.

J'aurais voulu l'embrasser mais j'étais sûr qu'elle n'aimerait pas ça.

Les quelques heures qui suivirent me furent très douces. J'allais enfin être débarrassé de l'étranger qui avait pris ma place. Je ne sentais plus mon corps autour de moi comme un rôdeur.

XXI

Il y avait quinze jours que j'essayais de joindre Dooley. Il m'avait donné deux rendez-vous et les avait fait annuler. La fameuse lettre scellée qui devait me garantir le rachat des actions n'était pas arrivée. J'avais réussi à retarder la signature mais les Allemands s'impatientaient. Un coup de téléphone de Rome me fit enfin part des excuses de Mr Dooley et pouvais-je avoir l'obligeance de le rencontrer le lendemain à six heures au bar du Ritz ? Je repris espoir. Je voulais terriblement gagner cette dernière bataille.

Dooley fit une entrée très jeune. Il portait un veston de sport avec du cuir aux coudes, des jeans, une chemise blanche largement ouverte sur un cou puissant et il avait même un œil au beurre noir, ce qui rajeunit toujours. Nous nous serrâmes la main.

— Qu'est-ce qui vous est arrivé ?

— J'ai eu une bagarre à Rome. Il y a un connard qui a sifflé en faisant un geste obscène à ma copine, alors je lui ai donné une leçon. Mais comme j'ai une sale gueule d'Américain, toute la rue m'est tombée dessus. Et vous, ça va ?

— Très bien.

Il me mit son bras autour des épaules.

— On tient le coup, hein ?

— Encore pas mal.

— Moi, mon vieux, j'ai jamais mieux baisé qu'en ce moment. Ce que j'ai perdu en répétition, je l'ai gagné en durée. Je tiens le cap pendant une heure, mon vieux.

— Oui, dis-je. Nous avons en français une expression pour ça : « la force de l'âge ».

Il eut un grand rire.

— La force de l'âge, oui, je connais. C'est tout à fait ça. On est moins pressé, plus calme, plus... maître à bord. On tient le gouvernail d'une main sûre. Je ne dis pas que je peux faire ça comme avant, mais quand ça vient, c'est pour un bout de temps, il y a de quoi faire, j'vous jure...

Il y avait quelques clients à des tables voisines et je dus paraître gêné parce que Dooley me cligna de l'œil :

— Ça ne fait rien, mon vieux, ils n'entendent pas, et puis tout le monde sait que personne n'a plus bandé au Ritz depuis cent sept ans, ils sont trop vieux, là-dedans...

Le barman se pencha vers lui :

— Pardon, monsieur Dooley, mais vous oubliez le personnel !

Dooley se mit à rire. Il n'était même pas ivre. Il prenait cela simplement encore plus mal que moi parce qu'il était américain, beaucoup plus riche et avait beaucoup plus l'habitude d'être champion du monde.

— Qu'est-ce que vous faites comme moyenne, en ce moment? Je veux dire, comme vitesse de croisière?

— Je ne sais pas, Jim. Je ne fais pas tellement attention, vous savez.

— Allez, allez, mon vieux, entre copains... On a été jeunes ensemble. On bandait dur. La Normandie, Leclerc, la 2ᵉ D.B., la libération de Paris...

— Écoutez, ami, je sais que les vigoureux sexagénaires recommencent parfois à avoir des conversations d'adolescents, mais tout de même...

— Allez, allez, mon vieux, ne mentez pas... Qu'est-ce que vous pouvez encore donner?

Je me souvenais de Mingard... Et puis merde, pensai-je. Il n'y a pas de petits bénéfices.

— Trois fois par semaine... Quatre, quand il le faut absolument...

Son visage se figea. J'ai vu sa main se serrer autour du Martini. Il me regardait durement. Et j'ai eu soudain peur. Il était capable d'avoir envers moi le même réflexe de rancune et de puissance qu'envers Kleindienst — et de m'envoyer au tapis pour le compte, avec mes actions.

Il vida son verre.

— Oui, dit-il, boudeur. C'est la bonne moyenne, à notre âge. On ne peut pas faire mieux.

— Non, on ne peut pas.

Il resta silencieux un moment, regardant le

fond de son verre. Je l'observai du coin de l'œil. Je craignais un coup de corne.

— Pour notre affaire, dit-il lourdement. Ne vous bilez pas, Rainier. Mes avocats sont trop bien payés : alors, ils se donnent de l'importance par la lenteur.

— Je signe avec Kleindienst uniquement parce que j'ai votre garantie.

— Vous signez parce que vous êtes foutu et que vous ne pouvez pas faire autrement. Mais vous avez ma parole. Naturellement, si je me suicide entre-temps...

Il eut un rire silencieux.

— Mais c'est pas mon genre. Mon genre, c'est jusqu'au bout et jusqu'au trognon. Alors, ne vous bilez pas. Vous aurez la lettre ces jours-ci. Bon, je file. J'ai ma copine qui s'impatiente. Vous avez bougrement de la veine...

Il ne me dit pas pourquoi j'avais de la veine.

— Allez, salut. Il faudra nous voir plus souvent. A propos, vous savez ce que je leur ai fait, à Bologne ? En pleine grève et avec une municipalité communiste ?

Son visage s'éclaira et retrouva soudain un air de jeunesse presque enfantine. Même ses boucles parurent moins grises.

— Ils me faisaient chier, avec leur lutte de classes, leur politique et leur bla-bla-bla... Alors, j'ai réuni un prince, deux marquis et quelques comtesses italiennes — j'ai dû les payer les yeux de la tête, parce qu'ils pétaient de peur — et on a fait une manif. On a mis des signes « attention, travaux » dans une petite rue à Bologne, et on a

232

fait un pique-nique au caviar, champagne et faisan au milieu de la chaussée, avec habits, robes du soir et maître d'hôtel ! Ça a fait un malheur. Ils contre-manifestent encore. On a passé une nuit au poste. Provocation fasciste, vous comprenez. Merde, tout ce que j'ai voulu faire, c'est détendre un peu l'atmosphère, mettre un peu de bonne humeur, là-dedans. Mais tu parles ! Allez, à la revoyure, mon vieux.

— *Ciao,* Jim. Vous parlez vraiment un français admirable.

— On fait ce qu'on peut.

Il s'en alla, les mains dans les poches, légèrement penché en avant, d'un pas souple des dieux du stade.

Je bus encore un Martini. J'allai ensuite au bureau et m'assis en face de Jean-Pierre dans le fauteuil des visiteurs. Les muscles de mon visage échappaient à mon contrôle et je sentais l'affaissement et la lourdeur de mes traits. Jean-Pierre leva les yeux. Je l'avais mis au courant de l'offre de Dooley huit jours auparavant.

— Qu'est-ce que tu as ? Tu fais une tête épouvantable.

— Il y a dans les stations de métro des pancartes placées à côté de la sortie : *Au-delà de cette limite votre ticket n'est plus valable...*

Jean-Pierre se taisait, hésitant sans doute entre le secours verbal, peut-être même un élan sincère et le respect viril que je lui avais appris à observer depuis son enfance dans nos rapports.

— Laura ?

— Je viens de voir Dooley. Je sais à présent à

quoi m'en tenir. On ne peut pas compter sur lui. Il est totalement irresponsable. Ce n'est plus de l'excentricité, c'est un malade. Il ne sait plus ce qu'il fait et ce qu'il dit. Il a provoqué, paraît-il, à Bologne, un esclandre incroyable...

— Tu ne savais pas ? C'était dans tous les journaux.

Je m'aperçus que je n'avais plus ouvert un journal depuis des semaines.

— Je crois que j'ai perdu, Jean-Pierre.

Je vis sur le visage de mon fils une expression d'une telle dureté que j'éprouvai un moment de fierté paternelle : j'avais été bon père. Il avait bien retenu mes leçons et était bien équipé pour la vie. Tout ce qui chez moi n'était qu'attitude et emballage était devenu chez lui authenticité. Il jeta son crayon.

— Il a retiré son offre ?

— Non, pas du tout. Mais ça ne signifie plus rien. Il tombe en morceaux. Je ne suis même pas sûr que ses avocats écoutent ce qu'il leur dit.

— C'est insensé. Les Allemands vont avoir l'affaire pour rien. Je t'avais prévenu. Tu vaux encore aujourd'hui deux milliards à la casse et ils te ramassent pour moins d'un tiers...

— Je sais, je sais. Ce n'est pas encore signé.

— C'est trop tard. Il y a deux cents millions d'échéances le mois prochain...

— Foutu pour foutu, on peut encore saisir le fonds de soutien...

— C'est ça, à un franc l'action...

Je le regardais amicalement. Je connaissais

bien cette agressivité, cette rancune, cette façon de se débattre haineusement : l'impuissance...

— Calme-toi, Jean-Pierre. Et je te rappelle qu'en ce qui concerne ta mère et toi, il y a quatre cents millions de mon assurance sur la vie.

— Oh, ça va, je t'en prie... Tu as une santé de fer, heureusement. Tu es surmené. A bout de nerfs.

Je souriais. Depuis quelque temps, je m'étais remis à porter aussi à mon revers les rubans de mes décorations. Il ne manquait rien à ma panoplie.

— T'en fais pas, Jean-Pierre. Je m'arrangerai.

— Comment ?

— Je m'arrangerai. Tout ça, vois-tu, c'est une simple question de rentabilité. Ce que je me rapporte, ce que je me coûte. Ce que la vie me rapporte comme joies et ce qu'elle me coûte en souffrances... Il faut savoir faire un bilan froidement. Jusqu'à présent, je me coûtais cinq millions par mois, mais je me rapportais deux cents millions par an. Aujourd'hui, je me coûte toujours cinq millions par mois et je ne me rapporte plus rien du tout : j'y perds. Mon corps lui-même n'est plus rentable, il me rapporte de moins en moins, en joie de vivre. Je suis devenu pour moi — et donc pour ta mère et toi — une mauvaise affaire à tous points de vue.

— Je suis depuis longtemps habitué à ton humour, mais je t'en prie, pas en ce moment... Tu te dépenses trop...

— Tu veux dire que je baise au-dessus de mes moyens ?

— Je n'en sais foutre rien et je ne veux pas le savoir.

— Mettons que je suis entré dans une zone crépusculaire où l'on attache à la sexualité une importance... désespérée. C'est le moment des adieux, fils. Tu connaîtras ça un jour, toi aussi. Le moment des adieux et des aveux. C'est la même chose.

Jean-Pierre était blême. Il répéta sourdement, les yeux baissés :

— Je te dis que je ne veux pas le savoir.

Je me levai. Je comprenais maintenant avec une extrême clarté dans le diagnostic la raison d'être exacte et la nature de mon sourire : il était le signe extérieur d'une maîtrise de moi-même parfaitement inexistante.

— Ne parle pas de tout ça à Gérard, il ferait une attaque. Et ne t'en fais pas. Je te répète que je vaux encore quatre cents millions.

— Je n'ai absolument rien à en foutre de tes quatre cents millions, dit Jean-Pierre.

Je le regardai un long moment Je l'aimais bien. Enfin, comme on peut aimer quelqu'un qui vous ressemble

— Je voudrais que tu m'expliques une chose, Jean-Pierre. Tu votes à gauche. Ce que je ne comprends pas, c'est que tu sois contre le système et en même temps que tu mettes tant de toi-même à t'y insérer avec le plus de réussite possible.

— La meilleure façon de se défendre contre l'argent, c'est d'en avoir.

— Eh bien, mon appartement doit valoir dans les cent soixante-dix millions au bas mot. Je vaux

236

donc quatre cents en liquide et cent soixante-dix en immobilier. Ça devrait te permettre de voter à gauche pendant encore un bout de temps. Mais je ne suis pas indexé par rapport à l'or. Avec l'inflation, dans les quatre ou cinq ans, je ne vaudrais que la moitié. Il faut donc réaliser ce capital dès maintenant et le mettre au travail dans les meilleures conditions possibles...

— Oui, eh bien, heureusement, on meurt vieux dans la famille...

— J'ai dit que je m'arrangerai.

— Mais enfin, qu'est-ce que tu racontes? Qu'est-ce que ça signifie?

— Le bœuf social, dis-je, et je me suis mis à rire.

Je suis sorti. En prenant le métro, il m'est arrivé une chose étrange : je crus reconnaître parmi les voyageurs les visages de plusieurs de nos camarades du maquis. Cailleu, qui avait commandé le secteur de Luchon, et Jabin, qui avait tenu la Vendée. Mais c'était absurde : je voyais des visages de jeunes hommes de trente ans et mes camarades devaient avoir aujourd'hui trente-cinq ans de plus. D'ailleurs, Jabin avait été tué.

Je crus aussi apercevoir Lili Marlène. Elle portait une robe à fleurs et un grand chapeau, avec la glorieuse épingle. Mais ce n'était pas elle.

Je montai dans l'appartement et lui téléphonai.

— Alors, quoi? Tu me laisses tomber? C'est pour quand?

— Ça ne se fait pas comme ça. Donne-moi encore quelques jours. Il faut que je sois tout à fait sûre...

— Écoute-moi. Écoute-moi bien. Tu me dois ça, Lili Marlène. Tu te souviens de moi, oui ?

— Je me souviens de toi.

— Tu sais qui je suis, qui j'étais ?

— Oui, oui, t'en fais pas, va...

— Un homme d'honneur, tu connais ?

— C'est plus le même monde qu'autrefois, tu devrais le savoir, mon colonel.

— M'en fous. Moi, je veux pas changer. Je veux pas finir dans la merde.

— Ça s'appelle plus « finir dans la merde », chez les anciens, mon colonel. Ils appellent ça « finir dans l'immobilier ».

Il y eut un silence, à l'autre bout du fil, et la voix revint, rassurante, un peu moqueuse...

— T'as pas besoin d'avoir peur, mon colonel. Je m'occupe de toi. Je te jure que tu ne risques rien. Je m'y connais, va.

— Je suis en train de pourrir sur pied.

— Bon, on va pas parler de ça au téléphone, mais tout se passera très bien, tu verras. Fais-moi confiance.

En raccrochant, je fus pris de vertige et je sentis des gouttes de sueur aux tempes. Je me rappelai que je n'avais rien mangé depuis trente-six heures. Il pleuvait, je mis mon imperméable pour sortir.

Elle était devant la porte, un bouquet de violettes à la main. Un béret, un ciré blanc.

J'ai fait un effort désespéré, total, mais personne n'a jamais réussi à crever par un acte de volonté.

— Entre.

238

— Non, je voulais seulement...

Elle se jeta contre moi en sanglotant. Je dus me forcer pour refermer mes bras autour d'elle. Je lui en voulais tellement, tellement... Il n'y a pas de plus grande faiblesse que d'aimer quelqu'un, à la merci.

— Laura...

— Ne parlons pas de tout ça, s'il te plaît...

— C'est assez clair, non ?

— Je sais, Jacques, je... comprends... Et qu'est-ce que ça change ? Tu sais, quand je te dis que je t'aime, il ne s'agit même pas d'amour. Je te parle d'impossibilité de respirer autrement. Alors, qu'est-ce que tu veux que ça me fasse, tes histoires de... de corps ? Tu crois peut-être que je t'ai choisi ? Que j'ai fait du shopping et que j'ai pris ce qu'il y avait de mieux ? Je n'ai rien choisi du tout... C'est toi, et je n'y peux rien... En français, on dit « tomber » amoureux, non ? Bon, quand on tombe, on ne fait pas exprès...

Je cache mon visage dans ta chevelure. Vivre ainsi, vivre là, rien d'autre...

Nous fîmes encore quelques tentatives de bonheur. J'entends par là de longues promenades la main dans la main, des clairs de lune et des chants d'oiseaux que nous écoutions ensemble. Nous allâmes même passer un week-end à Venise, car rien ne vaut cette chère vieille gondole lorsqu'on est amoureux.

Je téléphonai à Lili Marlène dès mon retour à Paris.

— Alors ?

— Passe me voir.

Je fus chez elle avenue Kléber à sept heures du soir. Elle ne me fit pas entrer dans le salon et nous restâmes debout dans l'antichambre. Lili était habillée comme pour aller à une générale en 1930. Une robe noire en fourreau, un collier de perles, faux diadème, ruban de velours noir autour du cou et de longues boucles d'oreilles qui dansaient. Les cheveux étaient de ce blond brûlé et sans vie par lequel les coiffeurs pour dames témoignent de leurs dons d'embaumeurs Maquillée très blanc, comme ces vieilles femmes qui cherchent à tout prix à attirer l'attention, quitte à faire peur. Même dans la demi-obscurité de l'entrée, les yeux bleus et pâles, très chienne de faïence, avaient la fixité des regards qui avaient tout vu.

— Bon, demain à onze heures du soir. Laisse la porte entrouverte et pas de lumière à l'intérieur. Tu as été tué au cours d'un cambriolage...

— Ouf, dis-je. Ce n'est pas trop tôt. Tué en état de légitime défense, en somme. C'est presque vrai. Qui est-il ?

— Qu'est-ce que ça peut te faire ?

Ses lèvres firent un pli encore plus mince...

— Tu es toujours allé jusqu'au bout, toi.

— Tu sais, « jusqu'au bout », ce n'est pas un chemin tellement long à parcourir...

Elle m'observait de ce regard incassable fait d'une connaissance à toute épreuve.

J'ai passé la journée à mettre un peu d'ordre dans mes papiers. Laura n'appelait plus. J'ai relu ses lettres.

A six heures, je fis quelque chose d'assez drôle : je changeai de chemise.

J'attendis. Je ne pensais à rien, pour mourir tout à fait propre.

Un peu avant neuf heures, le téléphone sonna. Je sentis des gouttes de sueur froide sur mon front. J'étais certain que Lili Marlène m'appelait pour décommander. La vieille était peut-être devenue respectable.

La voix de Jean-Pierre vibrait de joie.

— J'ai une bonne nouvelle pour toi. Tu t'es complètement trompé sur Dooley. Il a tenu parole. Je viens de recevoir la garantie. Ça va faire deux milliards et demi, en comptant les actions Kleindienst. Tu as gagné, vieux père. Tu as encore gagné! Les deux oreilles et la queue, mon vieux! Allô!... Tu es là?

— Oui, je suis encore là.

— Je te dis que c'est gagné!

— J'ai entendu.

— C'est tout l'effet que ça te fait?

— Tu devrais épouser Laura, Jean-Pierre. D'abord, elle est adorable. Ensuite, c'est une des plus riches héritières du Brésil.

Sa voix se durcit.

— Qu'est-ce qui te prend? Pourquoi me parles-tu comme ça?

— Je me parle à moi-même. Ta mère avait cent millions de dot.

— Vous vous êtes aimés, non?

— Je ne sais pas, j'ai toujours été un gros baiseur.

— Est-ce que tu te rends compte que tu es en pleine dépression nerveuse?

— Au revoir, Jean-Pierre. Je suis très fier de

toi. Tu es un lutteur, toi aussi, un vrai. Tu iras loin. Tel père, tel fils. On a toujours eu des couilles au cul dans la famille.

— Tu veux que je vienne?

— Non, merci, ça va aller. Quand tu seras Premier ministre, n'oublie pas de créer un secrétariat d'État à la condition masculine. C'est à revoir.

Je raccrochai.

A onze heures moins vingt, j'allai entrouvrir légèrement la porte, comme convenu. Je me demandais si mon tueur aurait une valise, puisqu'il devait simuler un cambriolage. Probablement pas. J'allai chercher une valise dans le placard de ma chambre et la portai dans le salon. J'hésitai. Peut-être avais-je tort de m'en mêler. Je ne sais si un professionnel aurait pris une valise avec mes initiales... D'un autre côté, je le voyais mal venant avec un sac... Il fallait aussi prévoir les traces de lutte... Je me mis à rire. C'était bien moi, ça : il fallait que j'aie les choses bien en main, jusqu'au bout, que je reste le patron... Je savais que je pouvais faire confiance à un tueur choisi par Lili Marlène, je n'avais pas à m'en occuper. Il me croyait sorti, j'étais là, il y a eu lutte et... oui, mais il fallait vite éteindre la lumière.

J'éteignis et revins m'asseoir sur le sofa. Je cherchai en moi une trace de nervosité, d'appréhension. Rien. Le bœuf était prêt pour l'abattoir. J'espérais, je ne sais pourquoi, qu'il allait me frapper à la nuque.

J'entendis un bruit furtif.

Je croisai les bras et baissai un peu la tête.

Il avait sûrement une torche électrique.

La lumière éclata dans le salon.

Laura se tenait debout à la porte, la main sur le commutateur.

Je demeurai paralysé, le regard brouillé, dans le néant d'une irréalité hallucinatoire.

Elle enlevait ses gants. Elle tenait un petit sac argenté à la main. Une robe émeraude. Une longue robe couleur émeraude, avec des manches longues et une tunique pailletée qui étincelait.

... Il y eut un retour panique du monde, dans une marée d'alarmes et de clameurs. Je me levai d'un bond.

— Tu ne peux pas rester ici... J'attends...

— Je sais.

Je crois que ma première pensée fut digne d'éloges. Laura avait senti que j'étais en péril et elle avait quitté précipitamment un dîner très habillé pour être à mes côtés. C'était un hommage à l'intuition féminine et aux sentiments élevés, et si j'écris ces lignes avec quelque cynisme, c'est que l'humour pourrit aussi.

... Il y avait le rectangle obscur de la porte et, dans un miroir doré, un homme blanc piégé par ses vieux murs.

— Ton amie m'a téléphoné. Madame... Lewis Stone, oui, c'est ça...

— Lili Marlène, murmurai-je.

Elle traversait le salon, légère, victorieuse. Les cheveux tirés en arrière en chignon libéraient un front très pur de tout ce qui était trace d'ombre.

— Ton amie m'a dit...

— Je sais ce qu'elle t'a dit.

Elle vint s'asseoir près de moi.

— Jacques, je ne peux pas vivre sans toi et... Nous n'allons quand même pas nous quitter parce que... parce que...

— Parce que je deviens impuissant. Dis-le. Dis-le, Laura. Il faut que ce soit dit une fois pour toutes...

— Tu ne l'es pas, c'est faux ! Mais tu as besoin...

— ... d'aide, dis-je, et je réussis à rire.

— Ce n'est pas vrai ! Ce n'est pas vrai ! Ton amie m'a tout expliqué...

— Qu'est-ce qu'elle t'a expliqué, cette salope ?

— Tu as beaucoup vécu et ta sexualité est devenue moins simple maintenant... moins élémentaire...

— Moins., élémentaire ? Plus « sophistiquée », c'est ça ?

— Il faut s'accepter...

— Jusqu'où ? Jusqu'où, l'acceptation ?

J'étais debout et je hurlais et jamais le déclin de l'Occident ne me fut d'un tel secours...

— Plutôt crever. Que l'Europe s'accepte, pas moi... Si je n'ai plus assez d'avenir, de vitalité, de vigueur, si je dois être dépossédé de moi-même, renoncer à l'idée que je me fais de moi-même, de la civilisation, de la France...

— Mon Dieu, Jacques, mais qu'est-ce que tu racontes ?

— Il y a une limite au prix dont je suis prêt à payer l'énergie, le brut et les matières premières...

Mais cette fois, je n'ai même pas eu le temps de rire. Il y eut un bruit de pas dans l'antichambre et

Ruiz entra. Je m'y attendais déjà depuis un moment car je me sentais entouré de toutes les sollicitudes.

Ruiz portait sa casquette et son uniforme de chauffeur. Sous l'épaulette droite, il avait enfoncé sa paire de gants et les doigts vides et recourbés, rapaces, s'ouvraient vers moi comme une aile noire.

— La vieille maquerelle, dis-je.

— *Sí, señor,* dit Ruiz.

Il avança au milieu du salon, ôta sa casquette et demeura impassible. Je savourais à nouveau et pour la dernière fois un vif élan d'anticipation et de plaisir face à ce visage si différent du mien et d'un tout autre soleil. Je m'apercevais maintenant qu'il y avait une trace de cruauté dans la moue des lèvres et l'air d'assurance tranquille et d'indifférence avec lesquelles il attendait était presque provocant dans sa certitude d'avenir et de victoire... Il y eut encore un bref moment de refus, de grandeur et d'indignation, d'insoumission et de persiflage, une rapide descente des Champs-Élysées, drapeaux en tête avec de Gaulle, quelques mesures d'un air martial et un tra-la-la intérieur où se tordait et agonisait haineusement dans un excès de visibilité ma conscience de classe...

Mon revolver était dans un tiroir du bureau, mais cela n'était plus qu'une pensée mourante...

Laura avait allumé une cigarette et examinait Ruiz avec un peu d'hostilité.

Les rideaux étaient fermés, les lampes étaient rouges. Toutes sortes de pensées réflexes bougeaient dans mon vide. L'une d'elles, je me souviens, était de toute beauté. Je pensais à l'avertissement de Kissinger : en cas d'étranglement des ressources énergétiques dont l'Occident ne pouvait se passer, la guerre devenait une possibilité...

— Je l'imaginais à peu près comme ça, dit Laura.

— Tu *l'imaginais?*

Elle baissa les yeux.

— ... Au début, quand tu murmurais ces choses dans le noir... bon, j'étais un peu affolée. Je ne comprenais pas. Je croyais que tu avais cessé de m'aimer et que j'avais cessé de te suffire...

Je cherchai en moi une trace de désespoir. Je ne trouvai rien. Et en même temps, j'avais l'impression de renaître : j'étais à présent au-delà J'étais au-delà de tout et plus rien ne pouvait m'arriver. L'univers était né d'une goutte d'ironie dont l'humanité n'est qu'un des sourires.

Laura prit ma main et l'appuya contre sa joue.

— Ça n'a pas d'importance, Jacques, vraiment pas...

— Non.

— C'est seulement physique...

— Oui, je sais, bien sûr.

— Ça ne compte pas. Ton amie m'a dit quelque chose de très juste... Elle connaît si bien la vie...

— Ça, oui.

— Elle m'a dit : « En amour, rien n'est coupable... »

Je ne sentais plus rien. Lili Marlène avait tenu

246

sa promesse. J'étais tué. Je pouvais à présent continuer à vivre.

Je me tournai vers Ruiz.

— Vous conduisez bien?

— J'ai été chauffeur du comte d'Avila à Madrid, *señor*. Et de la marquise Fondès, à Sevilla. J'ai servi également *señor* Andrianos, l'armateur. J'ai été torero avant, mais j'ai dû quitter, après une blessure. Je conduis bien, *señor*. Je sais aussi servir à table. J'ai de très bonnes références...

— Comme rat d'hôtel également, je suppose?

Il ne broncha pas.

— J'ai aussi été garde du corps, dit-il.

Je cherchai dans ma poche la clé de la Jaguar et celle du garage. Je les lui jetai.

Laura était à genoux, tenant mes deux mains dans les siennes. Je n'avais jamais vu dans ses yeux autant de douceur.

— Partons, Jacques. Loin. Très loin. L'Iran, l'Afghanistan...

— C'est ça. Et puis on va continuer. Toujours plus loin.

— ... Peut-être l'Amérique du Sud... Le Brésil, le Pérou...

Je voyais dans la lumière rouge flotter le sourire de la vieille maquerelle.

— Revenez demain, dit Laura. Préparez la voiture. Nous partirons très tôt.

Ruiz me regardait.

— Il faut que vous preniez l'habitude d'obéir aux ordres que madame vous donne, mon ami, lui dis-je.

— *Sí, señora. Sí, señor.*

Il sortit. Laura s'écarta un peu, chercha anxieusement mon regard. Je devais ressembler à un noyé parce que les larmes se sont mises à couler sur ses joues. Elle se serra contre moi, dénoua sa chevelure pour qu'elle me donne ses caresses. Nous restâmes ainsi un long moment l'un à l'autre.

Elle s'est endormie dans mes bras. Je n'ai jamais reçu de plus beau don que cette façon qu'elle avait de dormir sur ma poitrine dans une attitude de confiance et de sécurité totale.

Mon corps me fut très lourd et oppressant, cette nuit, et il y eut entre nous une sorte de lutte, comme si chacun essayait d'échapper à l'autre.

Je me suis levé à cinq heures pour aller au bureau, finir ces notes, prendre de l'argent, mon passeport et des travellers. Tu trouveras ces pages, Jean-Pierre, comme il se doit, dans le coffre-fort. Je te les laisse parce que j'ai besoin d'amitié. Elles vont t'aider aussi à te débarrasser de cette image du père toujours vainqueur — les deux oreilles et la queue — dont je t'ai accablé dès ton enfance. Je n'ai jamais vu aussi clairement en moi-même qu'en ce moment, où je ne vois plus rien.

DU MÊME AUTEUR

CLAIR DE FEMME, *roman.* (Folio n° 1367)

CHARGE D'ÂME, *roman.* (Folio n° 3015)

LA BONNE MOITIÉ, *théâtre.*

LES CLOWNS LYRIQUES, *roman.* (Folio n° 2084)

LES CERFS-VOLANTS, *roman.* (Folio n° 1467)

VIE ET MORT D'ÉMILE AJAR.

L'HOMME À LA COLOMBE, *roman.*

ÉDUCATION EUROPÉENNE, *suivi de* LES RACINES DU CIEL *et de* LA PROMESSE DE L'AUBE *(coll. «Biblos»).*

ODE À L'HOMME QUI FUT LA FRANCE ET AUTRES TEXTES AUTOUR DU GÉNÉRAL DE GAULLE. (Folio n° 3371)

UNE PAGE D'HISTOIRE. (Folio n° 3759)

*Au Mercure de France, sous le pseudonyme d'*Émile Ajar

GROS CÂLIN, *roman.* (Folio n° 906)

LA VIE DEVANT SOI, *roman.* (Folio n° 1362)

PSEUDO, *récit.*

L'ANGOISSE DU ROI SALOMON, *roman.* (Folio n° 1797)

ŒUVRES COMPLÈTES D'ÉMILE AJAR *(coll. «Mille Pages»)*

Impression Bussière Camedan Imprimeries
à Saint-Amand (Cher),
le 12 mars 2004.
Dépôt légal : mars 2004.
1ᵉʳ dépôt légal dans la collection : septembre 1978.
Numéro d'imprimeur : 041259/1.
ISBN 2-07-037048-8./Imprimé en France.